AF438990

Bholu'nun renkli gökkuşağı

Translated to Turkish from the English version
of Bholu's Colourful Rainbow

Geeta Rastogi 'Geetanjali'

Ukiyoto Publishing

Tüm küresel yayın hakları,

Ukiyoto Yayıncılık

2024 yılında yayınlandı

İçerik Telif Hakkı © Geeta Rastogi 'Geetanjali'

ISBN 9789367953396

Her hakkı saklıdır.

Bu yayının hiçbir kısmı, yayıncının önceden izni olmadan elektronik, mekanik, fotokopi, kayıt veya başka herhangi bir yöntemle çoğaltılamaz, iletilemez veya bir erişim sisteminde saklanamaz.

Yazarın manevi hakları ileri sürülmüştür.

Bu bir kurgu eseridir. İsimler, karakterler, işletmeler, yerler, olaylar, mekanlar ve olaylar ya yazarın hayal ürünüdür ya da hayali bir şekilde kullanılmıştır. Yaşayan veya ölmüş gerçek kişilerle veya gerçek olaylarla olan benzerlikler tamamen tesadüftür.

Bu kitap, yayıncının önceden izni olmadan ticari veya başka bir yolla ödünç verilmemesi, yeniden satılmaması, kiralanmaması veya başka şekilde dağıtılmaması koşuluyla satılmaktadır; yayınlandı.

www.ukiyoto.com

Adanmışlık

Bu kitap şuna ithaf edilmiştir:

Lord GANESHA, Tanrı olarak

başlatma

Ve

Maa SARASWATI, eğitim tanrıçası.

Önsöz

Hepimiz tıpkı kendimiz gibi doğanın atölyesinde yaratıldık. Kişiliklerimiz nasıl ve nerede oluşuyor? Gerçeği söylemek gerekirse bu tam bir süreçtir. Bu süreç Tanrı'nın atölyesinde başlar. Bu süreçte ebeveynlerimizin, öğretmenlerimizin ve eğitimimizin önemli bir rolü vardır. Bakış açımız da tüm bu unsurlarla şekilleniyor. Bu benim için de geçerli. Kişiliğim ve bakış açım annemden babamdan, öğretmenlerimden, arkadaşlarımdan ve ilgiyle okuduğum kitaplardan bir şekilde etkilendi. Kişilik gelişimi sürecinin tamamını başka bir yöntemle ayrıntılı olarak anlatmam mümkün değil. Bu bağlamda bir kitapta, belki de "Akhanda Jyoti" adlı bir dergide okuduğum bir hikayeyi sizlerle paylaşmak istiyorum. Bu hikaye beni çok etkiledi, bu yüzden sizinle paylaşıyorum. Bir zamanlar bir kasabada zengin bir tüccar yaşarmış. Muazzam bir servete sahipti. Bir gün şehirde bir tapınak inşa etme konusunda ilahi bir ilham aldığını hissetti. Bu yüzden yetenekli bir heykeltıraş aramaya koyuldu. "İstediğin zaman yapabilirsin" diyorlar. Biraz çabaladıktan sonra yetenekli bir heykeltıraş buldu. Artık heykeltıraş, tapınağa yerleştirilecek olan muhteşem bir Tanrı putunun yaratılmasından sorumludur. Heykeltıraşın bu görev için özel bir taşa ihtiyacı vardı. Aramaya giderken büyük bir taşla karşılaşır. Taşa, Tanrı'nın şekline getirilip kesilmeyi kabul edip etmeyeceğini sordu. Taş korktu ve şöyle dedi: "Neden hiçbir kazanç elde etmeden bu kadar çok denemeye katlanayım? Tanrı'nın idolü olursam ne elde edeceğim? Burada olduğum için mutluyum. Başka bir taş ara." Heykeltıraş başka bir taş aramaya başladı. Bir süre sonra heykeltıraş başka bir taş bulur. Aynı soruyu sordu ve bu taş, Tanrı'nın şeklinde yontulmayı hemen kabul etti. Taş, Tanrı'ya bir put olarak hizmet edebildiği için çok mutluydu. Ancak heykeltıraş, taşın sancılı ve zorlu bir süreçten geçmesi gerektiğini hatırlattı. Taş kararına sadık kaldı ve kabul etti. Heykeltıraş taşı atölyesine getirir ve idolü yontma ve oyma gibi zorlu bir işe başlar. Orada büyük bir özveriyle çalıştı. Sadece birkaç gün içinde Tanrı'nın putu hazırdı. Tüccar daha sonra putun tapınakta kutsanmasını ayarlamak zorunda kaldı ve ritüelleri gerçekleştirmesi için bir rahip çağrıldı. Artık tüccarın tapınağa Tanrı'nın putunu yerleştirmesi gerekiyordu. Bunun için bir rahip çağrıldı ve bir tarih belirlendi. Rahip, Tanrı'nın putunu tapınağa yerleştirirken birdenbire başka bir taşa ihtiyaç olduğunu hatırlar. Bunu tüccara haber verdi, o da hemen taşı alması için bir hizmetçi gönderdi. Hizmetçi, heykeltıraşın Tanrısının idolü olma teklifini reddeden taşın aynısını bulur. Hizmetçi hiçbir soru sormadı ve taşı tapınağa götürüp rahibe teslim etti. Taş, tapınaktaki Tanrı putunun tam altına yerleştirildi, böylece prasad (sunu) olarak sunulan hindistancevizi onun üzerinde kırılabildi. Tanrı'nın putunun kutsanması tamamlandıktan sonra herkes oradan ayrıldı. Tanrı'nın putu haline gelen taşa bakan taş şöyle dedi: "Ne şansı buldun? Sen Tanrı oldun. İnsanlar gelip önünüzde eğiliyorlar. Sana Tanrı diye tapıyorlar. Gece gündüz çekiç darbelerine maruz kalıyorum. Tanrı'nın dünyasında hangi adaletsizlik var? En azından burada adalet hakim olmalı."

Allah'ın putu haline gelen taş, diğer taşa şöyle dedi: "Belki de benim şeklimin bir zamanlar seninkine benzediğini unuttun. Günlerce sayısız yontma ve çekiçlemeye katlandıktan sonra bu noktaya geldim. Bu fırsat sizin de elinizde olabilirdi ama o gün o acı süreci yaşamayı reddettiniz. Her gün sancılı bir süreçten geçmek zorunda kalacağınız bu yeri bugün bu yüzden buldunuz."

Hikayenin sonucu şu: Eğer biz insanlar tüm hayatımız boyunca Tanrı'nın atölyesinde inşa edilmeyi kabul edersek, bir süre sürecek sancılı bir süreçten geçmek zorunda kalacağız. Öte yandan, kurallara uymanın zorluklarından kaçınarak işleri kendi yöntemlerimizle yaparsak, hayatımız boyunca denemelere katlanmak zorundayız.

Sevgili okurlarım ve dostlarım, bu hikaye burada bitiyor. Hikaye okumayı her zaman sevdim. Çocukluğumdan bu yana pek çok hikaye okudum. Okulumuzun kitap okumak için özel bir cihazı da vardı. Ayrıca kütüphanede birçok hikaye okurduk. Bunun için her ders için haftada bir gün kararlaştırıldı. Ayrıca çocuklara bir hafta boyunca evlerine götürebilecekleri kitaplar verildi. Ayrıca genç okuyuculara ödül olarak kitaplar hediye edildi. Hikaye okuma tutkum böyle doğdu. Ve bu hobi sayesinde zamanla içimde bir hikaye anlatıcısı doğdu. Bugün, özellikle çocuklara yönelik ilk öykü koleksiyonumu okuyucularıma büyük bir mutlulukla sunuyorum. Üstelik yaşlılar dahi içeriğin tadını çıkarmaktan mahrum kalmayacak. Bu hikaye koleksiyonu ailemin lütuflarının, sevdiklerimin desteğinin ve Tanrı'nın lütfunun doruk noktasıdır. Umarım bu kitap aracılığıyla tüm sevginizi kazanacağım.

- Geeta Rastogi "Geetanjali" (İngilizce)

C-26, Demiryolu Yolu

Modinagar 201204

İlçe: Gaziabad

(UP)Hindistan

Çete: 8279798054

E-posta: geetarastogi26@gmail.com

İçerik

Annenin evi   1

Dürüstlüğün yolu   3

Niranjana   6

Güzel Gracie   9

Zaferin sırrı   13

Melodik notalar   17

Büyükanne ve Amisha   20

Yalıtımlı duş   23

Cesur kız   27

Periler diyarı   31

Altın kuğu   35

Beşiğin tarihi   40

Veeru'nun icadı   43

Şampiyonluk Günü   47

Bholu'nun renkli gökkuşağı   51

Şivalik   66

Yazar hakkında   78

Annenin evi

Bir köyde Sheetala adında yaşlı bir kadın yaşardı. Bu köyde çok büyük bir evi vardı ve orada yalnız yaşıyordu. Sheetala'nın çok sayıda çocuğu olmasına rağmen, ülke çapında farklı şehirlerde ve hatta yurtdışında işleri vardı. Bu yüzden onunla birlikte köyde sonsuza kadar kalamazlardı. Hiçbir oğlu veya kızı köyde anneleriyle birlikte sonsuza  kadar yaşayamadı. Sheetala sağlığı mükemmel bir kadındı. Düzenli bir günlük rutinin ve meditasyonun sonucudur. Parası yoktu. İhtiyaçları da sınırlıydı. Yani geçim onun için sorun değildi. Evinin geniş bir avlusu ve bahçesi vardı. Bahçesinde çok sayıda meyve ağacı vardı: mango ağaçları, Hint dutları, neem ağaçları ve hindistancevizi ağaçları. Ayrıca bahçesinde acı kabak ve fasulye vardı. Ayrıca domates, yeşil biber, patlıcan, karnabahar, patates ve kişniş yetiştiriyordu. Ayrıca bahçesine güzellik katan kadife çiçeği, gül, ayçiçeği ve çok yıllık bitkiler de yetiştiriyordu. Yaşlı Sheetala bahçesinde özenle çalıştı, ağaçlarına ve bitkilerine baktı. Günlük rutini oldukça tutarlıydı. Şafaktan önce kalkar, evi süpürür, ev işleriyle ilgilenir ve sonra Tanrı'ya ibadet ederdi. Daha sonra kendisine yemek hazırlamak için sobayı yakardı.

Sheetala, yerel kadınların da çalıştığı bir el tezgahı dokuma işletmesi işletiyordu. Sepetler, buketler, paspaslar ve daha birçok eşya yaptılar. Pazara gidip bu ürünleri satmak zor bir işti ama yerel halk bunları satın almak için evine geldi. Akşamları bahçesinde vakit geçirdi. Bitkileriyle ilgilenmeyi seviyordu. Oraya yeni düzenlemeler yapacak, yeni ağaçlar dikecekti. Bitkilerin bakımını yapmak, sulamak, gübre eklemek ve düzenli yabani otları temizlemek gününün büyük bir bölümünü alıyordu. Her gün bahçesinden çok sayıda sebze ve çiçek alıyordu ve onları nasıl kullanacağını düşünmek zorunda kalıyordu. Eğer satmak istemezse dağ evinde çalışan kadınlara bedavaya dağıtırdı. Yerel bir sakinin sebze sıkıntısı varsa yardım için Sheetala Mata'ya geldi. Ürünlerini paylaşmaktan çekinmiyor. Jamun (Hint dutu) mevsiminde jamun ağaçlarının dalları meyvelerle dolar. Jamun'u kendisi seçer ve herkesle paylaşırdı. Ayrıca diyabet tedavisinde çok faydalı bir ilaç yapmak için jamun tohumlarını kurutup öğüttü. Benzer şekilde neem yapraklarından, kabuğundan ve tohumlarından da ilaç yaptı. Bir keresinde ev yapımı ilacını yakındaki bir arkadaşına vermişti ve ilacın faydalı olduğu ortaya çıkmıştı. Sheetala Mata yavaş yavaş "tamir annesi" olarak ünlendi ve toplumun her kesiminden insanlar ilaç için ona başvurmaya başladı.

Zamanla aradan o kadar çok yıl geçti ki. Sheetala Mata yaşlandı. Bir gün oğullarından biri ailesiyle birlikte eve geldi. Oğlunu, gelinini, torununu ve torununu evinde görmekten büyük mutluluk duydu. Bu onun için hoş bir sürprizdi. Oğlu, annesinin yaşlılığına ve yalnızlığına üzülür. Artık yalnız yaşamaması gerektiğine inanıyor. Bu sefer o da yurtdışında onlara eşlik edip sonsuza kadar orada kalabilseydi ne kadar harika olurdu. Tam bir aileye sahip olmak büyük bir mutluluk olurdu ve kimse kendini yalnız hissetmezdi. Düşüncelerini annesine şöyle dile getirdi: "Anne bu sefer sen de bize eşlik etmelisin. Bizimle, kendi çocuklarınızla birlikte olmaktan keyif alacaksınız. Bu bizi mutlu edecek ve biz de sizinle ilgilenebiliriz."

Annesi, oğlunun kendisi için endişelendiğini ve onun kalıcı olarak evde olmasını istediğini öğrendiğinde çok mutlu oldu. O zaman bile doğduğu yere, evine ve bahçesine olan büyük bağlılığı nedeniyle köyü terk edip kalıcı olarak yurt dışına yerleşme teklifini kabul edemedi. Şu anki evi ona cennet hissi veriyor. Bu yüzden eski rutinine ve yaşam tarzına sadık kalmayı tercih etti. Bu nedenle oğlunun yurtdışındaki ailesinin yanına dönmekten başka seçeneği yoktu. Sheetala Mata doğduğu yerden, köyünden, evinden, bahçesinden ve doğanın yeşilliklerinden memnun olarak her zamanki günlük rutinine devam etti.

Dürüstlüğün yolu

Pragati bir kızdı

zeki. Sekizinci sınıfta okudu. Mütevazi bir tabiatı ve çok canlı bir ruhu vardı. Sınıfının en zeki çocuklarından biriydi. Sporda asla geride kalmadı. İster mahallede kriket oynuyor olsun ister okulun spor etkinliklerine katılıyor olsun, her zaman aktif bir katılımcıydı. Ailesi, komşuları ve sevenleri onu sürekli tebrik ediyordu. İyi kalpli bir kız olduğundan sınıfındaki çocuklar bazen ondan faydalanmaya çalışırlardı. İster testler ister sınavlar olsun, etrafındaki çocuklar her zaman onun yazılarını gözetlemeye çalışıyor ve ondan haksız şekillerde kendilerine yardım etmesini istiyorlardı. Sınavlarda kurallara uyulması gerektiğinden, sınav salonlarında görevliler sıkı bir disiplin sağlamaya çalıştı. Öğretmenler gözden kaybolunca öğrenciler kendi aralarında sohbet etmeye başlıyorlardı. Sınavlarda gereksiz konuşmalar her zaman yasaktır. İnceleme sistemine göre bu genellikle adil olmayan bir yol olarak kabul edilir. Ancak öğrencilerin tamamı kuralların önemini bilmemekte ve kurallara titizlikle uymamaktadır. Pragati tüm müfredatını sınava uygun şekilde hazırlardı ve asla uygunsuz yardım aramazdı. Diğer çocuklar bu dürüst yaklaşımı takdir etmiyorlar. El kol hareketleriyle iletişim kurmaya çalıştılar ve hatta bazen kopyalanmış materyalleri eve bile getirdiler. Cevapları kopyalayanları ve kopya çekmeye çalışanları yakalamak için bir anda ortaya çıkan uçan bir ekip vardı. Bir zamanlar tarih sınavı başlıyor. O gün Pragati'nin dersi Madam Sanskriti tarafından yönetiliyor. Sınav başlamak üzereyken her öğrencinin sınav kuralları kadar okul kurallarına da uyması gerektiğini zaten duyurmuştu. Bir öğrencinin herhangi bir kopya malzemesi bulundurduğu tespit edilirse cezalandırılacaktır. Yanlışlıkla bir şey getirmişlerse, onu amirine iade etmeli veya sessizce çöpe atmalıdırlar. Sınav başladı ve herkes ödevlerini zamanında bitirmek için çabaladı. Hazırlıklı olmayanlar ise oraya buraya bakıyor ve mümkünse yeni şeyler denemeye çalışıyorlardı. Kısa bir süre sonra uçuş ekibi ortaya çıktı. Öğrencilerin ceplerini ve geometri kutularını kontrol ettiler. Bazı öğrenciler çok gergindiler ve Tanrı'ya şöyle dua ettiler: "Lütfen bugün beni kurtar. Gelecekte her zaman hazırlıklı döneceğim.

Uçuş ekibi odadan çıkar çıkmaz herkes rahatladı. Öğretmen, adaylardan ekstra süreden yararlanamayacakları için çalışmalarını zamanında tamamlamalarını istedi. Öğretmen sürekli sınıfta dolaşıyordu. Pragati'ye yaklaşırken ayağa kalkar ve öğretmene onunla konuşmak istediğini söyler. Her iki öğretmenin de göremediği küçük kağıt parçalarına yazılı cevaplar vermişti. O zaman bile tüm bunları Sanskritçe öğretmenine teslim etti ve ondan kendisini affetmesini istedi. Gelecekte bu hatayı tekrarlamayacağına söz verdi.

Öğretmen çok şaşırmıştı. İnanılmaz bir olay yaşanırken gözlerine inanamadı. Zeki öğrencilerinden birinin yanlış davranışı da onu yaralamıştı. Bu onun için şok edici bir deneyimdi. Hatta evde oturup sınavını tamamlamasına bile izin verdi.

 Sınav bittikten sonra Pragati'yi personel odasına çağırdı ve ona neden bu kadar kötü bir iş çıkardığını sordu. Neden çılgın insanların bile yapmaması gereken bir şeyi yaptı? Pragati bundan utandı. Yanlışlıkla yaptığı hatadan dolayı özür diledi ve gelecekte bunu bir daha yapmayacağına söz verdi.

"Bunu neden yaptın Pragati? Bunu yapabileceğini hayal bile edemezdim?" Profesör Sanskriti sordu.

Zavallı adam fazla konuşamıyordu.

Konuşmak zorunda kaldığında ancak o zaman hastalığı nedeniyle gergin hissettiğini ve özgüvenini kaybettiğini açıkladı. Sınavlarını geçemeyeceğini, sınıfta ve evde alay konusu olacağını düşünüyordu.

"Ah, canım! Şu anda kendini iyi hissediyor musun?"

"Evet hanımefendi.

"Sen çok akıllı ve akıllısın. Kendinize olan güveninizi kaybetmemiş olmalısınız. Yine de dürüstlüğünden etkilendim. Hayatta her zaman dürüstlük yolunu izlerseniz, hayatınızdaki her sınavda daima yükselir ve mükemmel sonuçlar elde edersiniz. Hayat bir oyundur. Galibiyet ve mağlubiyetlerin pek bir anlamı yok. Önemli olan değerlere sahip çıkmak ve her zaman doğru yolda gitmeye çalışmaktır. Sen iyi bir kızsın. Size büyük başarılar ve parlak bir gelecek diliyorum."

Hepimiz şu ya da bu zamanda Pragati'nin hikayede içinde bulunduğu durumdayız. Hangi yolu seçeceğimizi her zaman bilemeyiz çünkü yanlış yol her zaman kolay görünür. Bu nedenle bu yönde hareket etme olasılığı daha yüksektir. O zaman bile dürüstlük yolunda kalmalıyız çünkü uzun vadede bu daha iyi sonuçlar verecektir.

Niranjana

Niranjana ve erkek kardeşi Nikhil okul otobüsünden inince okulun kapısından içeri girdiler. İkisi okulun uzun koridorlarından geçerek Nikhil'in sınıfına doğru ilerliyorlar. Onu sınıfta bırakıp kendi odasına doğru koşuyor. Oraya vardığında çantasını koltuğunun üzerine koyuyor ve yanında olan arkadaşlarıyla selamlaşıyor. Niranjana okula her zaman planlanan saatten biraz daha erken gelirdi çünkü otobüsü onu ilk turda en yakın duraktan alırdı. İkinci aşamada gelen çocuklar genellikle okula birinci aşamadan biraz daha geç gelirler. Sabah namazından önce arkadaşlarıyla sohbet ediyor, ardından öğretmenin yanına giderek yapması gereken bir iş olup olmadığını soruyor. Shalini onun en sevdiği ve en yakın arkadaşıydı. Ona bir yer ayırdı ve tüm görevlerinde ona yardımcı oldu. Daha bugün, dua meclisini yöneten öğretmeni bulmak için Shalini ile birlikte dışarı çıktı.

"Bak Şalini! Madam Pragya'mız geliyor. Gidip ona dersimizin yoklama listesini verip vermediğini soralım. Elinde tuttuğu birçok şeyle aşırı yüklenmiş görünüyor.

"Bunu söyleyen iki arkadaş, Bayan Pragya'nın yaklaştığı yöne doğru ilerlemeye başladı.

"Merhaba hanımefendi" diye saygıyla selamladılar.

"Merhaba çocuklar. Nasılsın ? Hanımefendi gülümsedi.

"Hanımefendi, sizin kutsamanız sayesinde iyi durumdayız."

"Hanımefendi, sakıncası yoksa yoklama kayıtlarını sınıfa getirebilir miyiz? Hanımefendi, lütfen. Onu bize ver. Sınıfta tutacağız. Lütfen hanımefendi," diye sordular, cevabını beklerken.

Madam gülümsedi ve gecikmeden kutuyu Shalini'ye verdi. Kızlar kendilerine hayran kaldıklarını hissettiler ve mutlu bir şekilde sınıflarına doğru yola çıktılar.

İki arkadaş şimdi saygıdeğer öğretmenlerinin sınıfa girmesini bekliyorlar. Madam geldiğinde bütün çocuklar ayağa kalkıp onu selamladılar. Hanımefendi onları kutsadı ve oturmalarını istedi. O sırada Hanımefendi Shalini ve Niranjana'yı arayıp onlara talimat verdi. Aniden zil çalar. Şimdi dua vakti. Namaza katılmak için tüm öğrenciler sıraya girdi.

Shalini ve Niranjana zaten diğerlerinden önce ibadethaneye ulaşmışlardı. Orada çocuk programlarını denetleyen Sunila Hanım'ı gördüler. Başka çocuklar da oradaydı. O günkü performanslarını ona anlattılar. Öğretmen kızların orada durduğunu fark edince onlara da aynı şekilde rehberlik etti.

"Bugünkü dua toplantısında bir şey sunmak ister misiniz?

"Evet hanımefendi. Bir hikaye anlatacağım," diye yanıtladı Niranjana. Şu anda çok mutlu görünüyor.

Shalini, "Ben de bir şiir okuyacağım" diye yanıtladı.

"Tamam, isimlerinizi sileceğim. Her şeyi iyi hatırlıyor musun? Bir kere dinleyeyim," diye rica etti Sunila hanım.

Her iki kız da çok aktif ve zekiydi. Sunumları büyük beğeni topladı. Niranjana, büyükannesinin dün gece ona anlattığı bir hikayeyi anlattı. Bu sadece gerçek performansın provasıydı.

Artık tüm çocuklar oditoryumda toplanmıştır. Her zamanki gibi toplu dua gerçekleştirildi. Tatlı ezgilere eşlik eden çalgılar, sanki kalbin telleri titremeye başlıyordu. Namazın ardından çocuklar kültürel programlar sundu. Niranjana, gerçeği söyleme alışkanlığı sayesinde kraliyet sarayında bakan olan bir hırsızın hikayesini anlattı. Bütün çocuklar ve öğretmenler çılgınca alkışladılar.

Bugün Niranjana çok mutlu. Özenle çalışmaya ve hayatında bir şeyler yapmaya karar verdi. Büyüklerine saygıyı asla unutmayacaktır.

Öğleden sonra okul bittiğinde herkes okul otobüsüne binip durağa geldi. Anneleri sabırsızlıkla onları bekliyordu. Dönüş yolunda Nikhil ve Niranjana, çocuklarla el ele eve doğru yürürken dikkatle dinleyen annelerine okuldaki tüm faaliyetleri anlattılar.

Güzel Gracie

Gracie sekiz yaşında büyüleyici bir çocuktu. O yaramaz bir çocuktu. Dördüncü sınıfta o da büyüdü. Kendi yaşındaki çoğu çocuk gibi onun da derslere pek ilgisi yoktu, oyuncaklara daha çok ilgisi vardı. Ayrıca orada burada dolaşmayı ve yaramazlık yaparak zamanını boşa harcamayı da severdi.

Kendisiyle aynı sınıfta olan Siddhi adında bir arkadaşı vardı. Bu iki çocuğun evleri birbirine çok uzak değildi. Gracie bütün gün Siddhi ile oynamak istiyordu. Ancak Siddhi'nin annesinin izni olmadan bunu yapmasına izin verilmedi. Şart, önce ödevini bitirmesi gerektiğiydi. Durum okulda da aynıydı. Siddhi derslerine daha dikkatli davranırken Gracie her zaman birlikte oynayacak birini arıyordu. Kimseyi bulamayınca silgisiyle ya da terazisiyle oynuyordu. Bazen öğretmenleri tarafından da azarlanıyordu. Bu zavallı yaratıcının hissettiklerini kelimelerle anlatmak çok zor.

Evde de sık sık tek başına oynamak zorunda kalıyordu. Biraz canı sıkıldığında hemen yan taraftaki Siddhi'nin evinin kapısını çalardı.

"Siddhi, Siddhi, dışarı gelin. Birlikte oynayacağız."

"Hayır, yapacak bir sürü ödevim var."

"Benim de yapmam gereken ödevler var. Ve daha sonra? Oynamamamız mı gerekiyor? Sürekli ders çalışmayı sevmiyorum. Bu hoşuna gitti mi?"

"Bundan hoşlanmasam bile, önce bunu yapmam gerektiğini biliyorum. Annem bana "Önce çalış, sonra oyna" dedi.

"Ah ! Siddhi yok. Bu şekilde reddedemezsin. Bunu nasıl yapabilirsin? Sen benim arkadaşım değil misin? Hadi, hadi. Önce oynayalım. Ödevleri bir kenara bırakın. Daha sonra yap. Ayrıca yapmam gereken bir sürü ev ödevim var. Ancak umurumda değil. Daha sonra yapacağım."

"Hayır, hayır. Bu adil değil. Daha sonra yapacaksın. Şimdi evinize gidin ve orada oynayın. Lütfen kusura bakmayın. Eğer okulda cezalandırılmaktan hoşlanmıyorsam."

Bunu duyan Gracie üzüldü. Ama başka seçeneği yoktu. Evinin yolunu tutar. Siddhi ödevini bitirince yakınlarda yaşayan Riddhi'nin evine gider. Siddhi güzel bebeğini ve diğer oyuncaklarını elinden aldı. Riddhi'nin evinde bir avlu vardı. Orada uzun süre oynadılar, ardından bahçeye çıkıp ağaçların gölgesinde oynadılar. Riddhi ve Siddhi ev oyunu oynamaktan keyif aldılar. Topraktan kaplar yapıp onlarla oynadılar. Sonra gün bazıları yemek pişirip yemek pişiriyormuş gibi yaptı. Yorulduklarında anneleri gibi davranıp maçı toparlamayı planlarken Gracie de onlara katılmaya geldi. Onlarla oynamak istiyordu. Üçlü daha sonra yeni bir oyun olan okul oyununu başlatmayı planladı. Siddhi daha sonra öğretmen rolünü üstlendi ve diğerleri öğrenci olmak zorunda kaldı. Oynadılar ve çok eğlendiler.

Siddhi not defterini getirdi ve oynayan öğrencilerin isimlerini yazdı. Katılımın iyi olmasının ardından olağan çalışmalar devam etti. Önce matematik dersi vardı, ardından Hintçe dersi. Öğrenciler yazılarını bitirdikten sonra öğretmen Siddhi düzeltme işlemini yaptı ve onlara defterleri verdi. Çocuklar gerçekten çok keyif aldılar. Güneş batmak üzereydi ve anneleri onları eve gitmeleri için çağırdı. Çocuklar evlerine dönmek zorunda kaldı.

Çocukların kendilerine ait bir dünyaları vardır. Onlar sevimli yaratıklar. Farklı şekillerde eğlenirler ve sonsuza kadar orada kalmak isterler. Bunlar Gracie, Siddhi ve Riddhi'dir.

Evde Gracie'nin oynayacak kimsesi yoktu. Tek başına oynuyordu. Ablası onunla oynamayı hiç sevmiyordu. Onunla oynamakta ısrar edince ona öğretmeye başladı. Gracie çok sıkılıyor.

Gracie'nin babası şehir dışında bir ofiste çalışmak zorundaydı. Orada kalmak zorundaydı ve eve yalnızca hafta sonları dönüyordu. Annesi de çalışan bir kadın. Ayrıca her gün işe gidiyordu. Eve döndüğünde ev işleriyle ilgileniyor. Gracie ona bir hikaye anlatması konusunda ısrar ediyordu ve çoğu zaman ondan kaçınmak için bahaneler buluyordu. Gracie tüm bunlara sinirleniyordu. Bazen sinirlenir ve kimseyle konuşmazdı. Ancak uzun süre öfkesini gösteremedi. Daha sonra hep birlikte eğlendiler ve kahkahalar yükseldi. Gracie'nin kız kardeşi işyerinde annesine yardım ediyordu. Daha sonra televizyonda bir animasyon filmi veya ilginç bir şey izlerken eğlendiler.

Gracie aynı zamanda hevesli bir aşçıydı. Çeşitli lezzetli yiyecekleri yemeyi severdi. Kısa bir süre sonra acıktı. Bu genellikle kısa aralıklarla oluyordu ve yiyecek bir şeyler aramak için mutfağa gitmeyi gerektiriyordu. Buzdolabındaki tüm çikolataları yedi. Çikolata ve meyveler saklanırken meyvelere bakmadı bile. Bir kez aynı şey oldu. Gracie bir şeyler yemek istedi.

"Ne yemeli ve kime sormalı? Annem hasta olduğu için kendi başımın çaresine bakmak zorundayım. Hadi Gracie." diye düşündü. "Mutfakta mutlaka bir şeyler bulmam lazım." Bunu düşünerek buzdolabını açar.

"Ah hayır! Buzdolabı boş. Bu nasıl mümkün olabilir?" O da şaşırdı ve üzüldü. Pes etmedi ve her rafı ve kabı aramaya devam etti. Ve çabaları boşuna değildi. Bir şey vardı. "Yemeye değer bir şeyim var mı?" Bir kap açtı ve tuza benzeyen bir şeyin tadına baktı.

"Ah evet... En lezzetlisi bu." Glikozla dolu bir kaptı. Kap ve kaşıkla oturdu ve yemekten gerçekten keyif aldı.

Annesi büyük miktarda glikoz depoladığı için artık kendisini glikozla beslemek günlük bir rutin haline geldi. Birkaç gün içinde stoklar yavaş yavaş tükendi. Zavallı Gracie daha sonra kendini utanç içinde bulur. Her acıktığında yiyecek bir şey bulamıyordu. Düzenli olarak mutfağa gider ve tüm kutuları karıştırırdı. Ama daha fazla bir şey bulamadım.

Mutfakta pek çok şeyin saklanması gerekiyor çünkü çalışan bir annenin her an markete koşması çok zor.

Bir gün annesinin de glikozlu suya ihtiyacı vardı. Oğlu Gracie'den onu getirmesini istedi. Ama reddetti. Kendisi mutfağa gidip glikoz kaplarını bulmaya çalıştığında tek bir tahıl tanesi bile bulamadı.

"Gracie, Gracie, buraya gelin! Burada depolanmış çok fazla glikoz vardı. O şimdi nerede?"

"Hepsini yedim anne. Çok açtım."

"Elbette. Ama bir şeyler kalmış olmalı. Onu ara ve bana da biraz getir."

"Hayır anne. Hiçbir şey kalmadı. Her yeri dikkatle aradım."

"Oğlum, oldukça büyük bir stok vardı. Her biri bir kilogram olan altı kap. Nasıl bu kadar çok glikoz yiyebildin?"

Sonra Gracie anne oldu. Sadece başını eğdi. Anne, kendisi de yakında duran kızına bakıyor. Gülümsedi. Annemin öfkesi buharlaştı ve ona bağıramadı ama masum yüzüne güldü.

"Ekmek ve tereyağı mıydı? Kim bu kadar büyük miktarlarda glikoz yer? Peki bittiğinde neden bana söylemedin? Sana ne olduğunu şimdi anlıyorum. Bu aralar neden kilo alıyorsunuz? Meyve yemelisin."

"Anne, meyve getirmedin. Ne yapabilirim? Gerçekten çok açtım. Bana ne yemem gerektiğini mi söylüyorsun?

"Ah, markete gidip kendi başına biraz meyve alabilirdin, değil mi?" Daha sonra sevgiyle oğluna sarıldı ve "Benimle gel" dedi. Bazı temel ihtiyaçları satın almak için pazara gideceğiz. Ayrıca anneniz hastalandığında ona bakabilmeniz ve aç kalmamanız için alışverişe nasıl çıkacağınızı da öğreneceksiniz."

Daha sonra üçü birlikte markete giderek bol bol alışveriş yaptılar. Pirinç, bakliyat ve şeker gibi temel ihtiyaçları getirdiler. Daha sonra çikolata, dondurma ve meyve aldılar. Evlerine mutlu döndüler. Gracie artık kendini çok mutlu hissediyordu.

Zaferin sırrı

Parmakları kayıyor

sürekli cep telefonu ekranında. Kendini bir şehrin kralı gibi hissetti

hanedan. Kral, sadece ismiyle değil, aynı zamanda asil yaşam tarzı ve istediğini yapmasıyla da Raja isimli çocuğu gerçek bir kral veya prens yaptı.

Raja on beş yaşında bir çocuktu. Şımartılmaktan dolayı kötü alışkanlıklar edinmiş ve tembel bir çocuk haline gelmişti.

Sabahları geç kalkmak gibi bir alışkanlığı vardı. Uyanır uyanmaz otomatik olarak cep telefonunu alıp içinde gezinmeye başlıyordu. Ya video oyunları oynuyordu ya da arkadaşlarıyla sohbet ediyordu. Aslında sanki cep telefonuna karşı bir bağımlılık geliştirmiş gibi. Akıllı telefon, sonsuza kadar yanında kalmak isteyeceği hızlı bir arkadaş gibiydi.

"Raja, Ey Raja? Neredesin?" diye bağırdı anne, akıllı telefonu odasındaki masanın üzerine koyarken.

"Şaşırdım. Çocuğumun telefonu nasıl izole edilir? Başka hiçbir yerde değil, banyoda meşgul olmalı." Anne endişeliydi.

Haklıydı. Raja banyodaydı. Kapıyı açtığında mutfağa girdi ve bir bardak su istedi.

"Ah, Raja Sahib geldi. Hizmetçiler ona hizmet etmek için orada olmalılar." Alay ediyor.

Raja yanıt vermedi. Annesinin kızgın olduğunu biliyor. Bir bardak alır, suyla doldurur ve içer. Artık memnundur.

Odasına dönüp tekrar yatağa uzandı. Bir süre uzandıktan sonra cep telefonunu tekrar eline alıp oynamaya başladı. Bütün gününü onunla geçirdi ve başka hiçbir şey istemedi.

Şimdi öğleden sonra. Annesi onu aradı.

"Raja, Ey Raja. Dışarı çık ve yemek masasında bize katıl."

"Hayır, burada iyiyim."

"Bugün oruç tutacak mısın? Aksi takdirde dışarı çıkın ve biraz yemek yiyin. diye ekledi.

Ama Raja dinlemedi. Sürekli telefonundaydı.

Ancak kendini yorgun ve aç hissediyordu. O zaman bile odasından çıkmak istemiyordu. Birkaç dakika gözleri kapalı, yastığına yaslanarak oturdu. Açtı. Ayrıca cep telefonu ekranına baktığı için gözlerinde hafif bir ağrı hissetti. Oynadığı oyunu yarıda kesmişti. Annesinin lezzetli yiyeceklerle dolu bir tabakla geleceğini biliyordu. Ve aynı şey oldu. Cızırtılı sıcak yemeğin tadını çıkardı.

Artık uyku vakti geldi. Kısa bir süreliğine gözlerini kapatıyor. Elinde cep telefonu uyuyor. Annesi onun bu pozisyonda uyuduğunu görünce akıllı telefonu elinden aldı ve rahat bir şekilde uyumasına izin verdi.

İhmalkarlığı ve sürekli telefon ekranına bakması nedeniyle Raja'nın ( ) gözleri zayıfladı ve çoğu zaman baş ağrısı çekmeye başladı. Sorunu anne babasından gizleyemedi ve göz doktoruna başvurmayı gerekli gördüler. Doktor Raja'ya göz testi yaptı ve ona uygun gözlük takmasını tavsiye etti. Zaman ve gelgit kimseyi beklemez derler. Yavaş yavaş zaman geçer ve dönem sınavı gelir.

Aslında Raja okulda gayretli değildi. Akıllı telefon bağımlılığı nedeniyle derslerinin çoğunu kaçırdı. Raja yol haritasını bir arkadaşından öğrenir öğrenmez endişelenmeye başladı. Ertesi gün normal dersler için okula gitti.

"Şimdi Raja, ne yapacaksın? Çok kısa bir süreye ulaşıyoruz ve bu tüm müfredatı kapsıyor gibi görünüyor. Kendi kendine konuşmaya başladı. Aslında endişeliydi ve zaman kaybetme hatasını fark etti. Artık önünde büyük bir hedef vardır ve şu anda ne yapacağını bilememektedir. Çalışmalarını hiçbir zaman ciddiye almadı. Cep telefonuyla olan arkadaşlığı da onun için sorun teşkil ediyordu. Her iki durumda da vazgeçmeye hazır değil. Çok çalışmaya ve savaşı kazanmaya karar verir. Kendine pek güvenmiyordu ama gelişeceğine dair kendine söz verdi. Arkadaşları ve öğretmenleri bu konuda ona yardımcı oldu. Tüm derslerini ve ödevlerini hızla tamamlamayı başardı ve bunları ilgili öğretmenlerine gösterdi. Daha sonra her şeyi iyice incelemesi ve ezberlemesi gerekiyordu. Programın çokluğu ve zaman eksikliği nedeniyle Raja doğru düzgün uyuyamadı bile.

İlk sınavın yapılacağı gün sınav odasına geldi ve oturdu. Bir süre gözlerini kapatarak Tanrı'ya dua etti. Anket masasının üzerinde belirdiğinde bir an için neredeyse bayılacaktı çünkü evde ne çalışıp öğrendiğini hatırlayamıyordu. Bütün soruların cevapları kafasında birbirine karışıyor. Neyse cevap kağıdını boş bırakamadığı için bir şeyler yazması gerekiyordu. Cevapların çoğunu yanlış yazmış. Cevap kağıdını salon görevlisine verdikten sonra evine döndü. Çok üzgün hissetti. Ayrıca yaklaşan sınavlardaki konumunu da hayal edebiliyordu. Ne olursa olsun kendi seviyesinde elinden gelenin en iyisini yapmak zorundaydı. Sınavın sonunda rahatladığını hissetti. Sınav sonuçlarının açıklandığı gün Raja beklediğinden daha az puan aldı. Ailesi de onun performansından memnun değildi.

Birkaç ay sonra Raja kurul sınavlarına katılmak zorunda kaldı. Raja'nın ebeveynleri ona derslerinde yardım etmeye karar verdiler çünkü onların yardımı olmadan bu işin üstesinden gelemeyeceğini düşünüyorlardı.

Bir gün Raja'nın babası onu aradı ve çalışmalarından bahsetti.

"Oğlum, ara sınav sonuçlarını gördüğüne göre bakalorya ve bakalorya sınavlarını geçmek için planladığın stratejiler neler? Düşünmek zorunda mıydın? Bunları seninle tartışmak için iyi bir zaman mı?"

Raja cevap veremedi. Sessiz kaldı. Geçmişte yaptığı hataların ve gelecekte çok ve planlı çalışmanın gerekliliğinin de farkına vardı.

"Vaktinizi bu akıllı telefonla geçirerek ne başardınız? Geleceğinizi bu cihaza adadınız. Şimdi devam edin ve orada kalın."

"Hayır baba. Yanıldığımı biliyorum."

"Peki gelecek için neye karar verdin?"

"Artık bu akıllı telefona bağlı kalmayacağım. Bunu yaparsam başarısız olurum. Ve ben bu başarısızlığa sevinmeye hazır değilim. Bu yüzden tüm çabamı derslere harcamaya karar verdim. Bir program yapıp ona sadık kalacağım. Lütfen geçmiş hatalarım için beni affet baba.''

Babasının sözlerini duyan Raja'nın gururu uyandı. Bana, "Baba, sana söz veriyorum, çok çalışacağım ve kurul sınavlarında mükemmelliğimi kanıtlayacağım. Lütfen beni kutsa ve bana da yol göster.

"Raja, bu dünyada hiçbir şey imkansız değildir. Kazanmaya karar verdiğinizde bu iyi bir seçimdir. O zaman önemli olan bir plan yapmak ve ona bağlı kalmaktır. Samimi çabalarınız gereklidir. Dualarım her zaman seninle.''

Raja o günden sonra alışkanlıklarını değiştirdi. Takip edilecek sabit bir program oluşturdu. Eğlenceye çok az zaman ayırıyor ve video oyunlarına hiç vakit ayırmıyor. Akıllı telefonunu dersleri için de kullanıyordu. Raja sınavlara bu şekilde büyük bir özveriyle hazırlandı. Muayene odasına gittiğinde hiç korkmuyordu. Bu sefer başarılı oldu ve soruların çoğuna doğru cevap verdi.

Tüm öğrenciler sabırsızlıkla sonuçları bekliyordu. Sınav sonuçları açıklandığında herkes şaşkına döndü. Raja'nın sıkı çalışması meyvesini verdi. Sınıfında birinci oldu. Öğretmenleri onun sırtını sıvazlıyor, arkadaşları da onu tebrik ediyor. Raja'nın ailesi ona sarıldı, ona sevgi yağdırdı ve onu kutsadı.

Aslında Raja başından beri çok akıllıydı. Bu yüzden biraz dikkatsiz ve kendine aşırı güvenen biri haline geldi. Daha sonra akıllı telefon hayatına girdi ve hem derslerinde hem de sağlığında pek çok aksamaya neden oldu. Yani sevgili çocuklarım, hayatta çoğu zaman böyle bir durumu hissedebilirsiniz. Bu durumda çok çalışmanın alternatifinin olmadığını bilmelisiniz. Ve eğer zamanınızı en başından itibaren sürekli olarak çalışmalarınıza ayırırsanız, çok fazla çalışmanız gerektiğini düşünmezsiniz. Çalışmalar çok ilginç hale gelebilir. Ayrıca oyunlara ve eğlenceye de zaman ayırabilirsiniz.

Planlama ve sıkı çalışma aslında başarının sırlarıdır. Raja da dersini almıştı.

Melodik notalar

Noni ve Neenu çok iyi arkadaşlardı. İkisi birden gençlerdi, yaşlılar yaklaşık on beş veya on altı yaşında. Çocukluğundan beri birlikte okudular. Onları birleştiren dostluk bağı gün geçtikçe güçleniyor.

İki kızın yaşadığı evler birbirine pek yakın değildi. Birbirinden çok uzaktaydılar ve iki farklı yerdeydiler. Aynı okulda okudukları ve aynı sınıfı paylaştıklarından birbirleriyle geçirecek kadar zamanları vardı. Her iki kız da dokuzuncu sınıfta okuyordu. Her ikisi de samimiydi ve çalışmalarında birbirlerine yardımcı oldular.

Noni biraz daha uzun ve güçlüydü, Neenu ise zayıf ve sıradan görünüyordu. Aslında görünüş kişilikle eşanlamlı değildir çünkü kişinin genel kişiliği çeşitli niteliklerin, tutumların ve ahlaki değerlerin birleşimidir. Bu yüzden insanları sadece dış görünüşlerine göre yargılayamayız. Hepimiz gerçek dostluğun Tanrı'nın bir hediyesi olduğunu biliyoruz. Şanslı insanlar bu değerli hediyeyle kutsanmıştır. Gerçek arkadaşlar çoğu zaman birbirlerini tamamlarlar. Her insanın kusurları vardır ve hiç kimse mükemmel değildir. Her insan hayatında birçok hata yapar. Bu dünyada hiçbir insan mükemmel değildir. Hepimizin bir veya diğer hatası var. Ayrıca sadık arkadaşlara sahip olmak, hiçbir özel çaba harcamadan kendimizi mükemmel hissetmemizi sağlar.

Noni ile Neenu arasındaki dostluk böyleydi. Birinin okula gelmemesi gerektiğinde diğeri o günkü tüm ev ödevlerinde ona yardım ediyordu. Birbirlerine yardım ettiler. Böylece ikisi de derslerinde başarılı oldular.

Noni müziği severdi. Ayrıca şarkı söylemeyi de seviyordu. Her denediğinde iyi şarkı söyleyemediğini hissetti. Öte yandan Neenu biraz şarkı söyledi. Bir gün Neenu bir şarkı mırıldanırken bu sır arkadaşı Noni'ye açıklandı. Bunu takdir ediyor. Sesi pek iyi olmadığı ve iyi şarkı söyleyemediği için üzülüyordu. Daha sonra arkadaşını dinlemeye ve şarkı söylemeyi öğrenmeye karar verir. Neenu'dan ders vermesini ister ama Neenu'nun kendisi mükemmel bir öğretmen değildir. Şöyle dedi: "Bu konuyu neden ebeveynlerimizle konuşmamalıyız? İkimiz için de müzik dersi düzenleyebilirler çünkü benim de çok şey öğrenmem gerekiyor. Müzikte pek iyi değilim."

Noni arkadaşının ne demek istediğini anlıyor. Ertesi Pazar Neenu'nun evine gideceğini söyler. Neenu mutluydu. Arkadaşları arasında geçen tüm konuşmayı ve isteğini de anlattı.

Çocuklar çok masum yaratıklardır. Bilinçleri çok açık ve nettir. Kalplerinde kin tutmaya alışık değiller. Direkt olmaktan kendilerini alamıyorlar çünkü başka türlü olma ihtiyacını hissetmiyorlar. Kişi çocukluktan ergenliğe geçtikçe kişiliğinin sadeliği solmaya başlar ve çevresinde çeşitli katmanlar veya maskeler oluşturur. Buna "dünyalık" diyoruz. Eğer bütün insanlar çocuk olsaydı dünyanın hali ne olurdu bir düşünün. O zaman kavga, kavga, kıskançlık olmazdı. Herkes sevgi ve huzur içinde kalabilir. Dünya yaşamak için daha güzel bir yer olmaz mıydı?

Sonunda Pazar günü Noni'nin Neenu'nun evine gitmek zorunda kaldığı gün geldi. Saat sabahın onu civarındaydı. Neenu, ailesine özel arkadaşının gelişini zaten bildirmişti. Annem özel misafir için özel bir kahvaltı hazırladı ve herkes yemek masasının etrafında toplandı. Ekmek pakoraları çok lezzetliydi. Hepsi bundan ve sohbetten keyif aldılar. Annem Noni'ye annesinden ve diğer aile üyelerinden bahsetti. Konuşmalara başka kişiler de katıldı. Kahvaltıdan sonra Neenu, Noni'ye tüm evini gezdirdi ve ardından onu kendi odasına götürdü.

"Noni, hadi. Şu odaya bak. Burası benim çalışma odam mı? Bu nasıl oluyor? Arkamıza yaslanıp rahatlayalım. Gelmek. Bu sandalyeyi al." Sandalyelerden birini işaret edip diğerini kendine alıyor.

Orada uzun süre oturdular. Farklı konular hakkında konuşmaya devam ettiler. Daha sonra Scrabble oynamaya başladılar. Noni mutluydu. Daha sonra not defterlerini paylaşırken Neenu'nun defterinin son sayfalarına birkaç şarkı yazdığını fark etti. Noni sordu, "Neenu, lütfen benim için şarkı söyle. Bu beni mutlu edecek." Neenu şarkıyı söylediğinde melodik sesini duymaktan çok memnun oldu. Akşam oyun oynayıp bol bol eğlendikten sonra Noni eve gitmek istedi. Herkesle vedalaştı ve gitti.

Noni eve döndüğünde annesine her gün kendisinin de vokal müziği öğrenmek istediği konusunda ısrar etmeye başlar. O da bu fikri beğendi. Annesi zaten kızına resmi olarak müzik eğitimi vermeyi düşünmüştü. Bu nedenle iki genç kızın ebeveynleri bu konu hakkında konuştu. Kasabada bir müzik okulu vardı. İki arkadaş Neenu ve Noni burada klasik müzik eğitimi aldı. Ayrıca evde şarkı söyleme pratiği yapmak zorunda kaldılar. Birkaç ay içinde müziğin temellerini öğrendiler. Her birlikte şarkı söylediklerinde tatlı melodik sesleriyle ortam neşeleniyordu. Evde ve okulda herkes mutluydu ve her iki kızın çabalarını da takdir ediyordu.

Büyükanne ve Amisha

Büyükanne, ah sevgili büyükannem, neredesin? Uzun zamandır seni her yerde mi aradım? Benimle saklambaç mı oynuyorsun?" On yaşında bir kız çocuğu olan Amisha, evinde koşuşturuyordu. Yürürken büyükannesinin mescitte oturduğunu görür. Kendi kendine şöyle dedi: "Namaza gidip onu rahatsız etmektense biraz beklemek daha iyi değil mi?" Ve küçük Amisha uzakta duruyordu. Ama birkaç dakikadan fazla bekleyemezdi. Büyükanneye yaklaştı ve onu rahatsız etmeye başladı.

"Ah, Amisha, sensin. Seni her an gözlerim kapalı bile tanıyabilirim. Ah ! Haydi yaramaz bebek. Önce beni bırak. Ancak o zaman söyleyeceklerini dinleyebileceğim," dedi büyükannesi ona. Küçük Amisha biraz yaramazdı. Çoğu zaman birisinin onunla oynamasını istiyordu. Evde büyükannesi onun en iyi arkadaşıydı. Her zaman yanında olmaya çalıştı. Ya çok konuşuyorlardı ya da küçük olan hikayeler, tekerlemeler ya da okuldaki deneyimlerini anlatmak istiyordu. Bazen büyükannesinin hikayelerini dinlemeyi merak ediyordu.

Allah ne güzel yaratmış. Gençlerin ve yaşlıların dostluğu. Her ikisi de birbirlerinin arkadaşlığından hoşlanıyor çünkü buna en çok ihtiyaçları var. Minik canlıların sevdiklerine her zaman söyleyecek, paylaşacak bir şeyleri vardır. Büyükanne ve büyükbabalar gençlerin yapmaktan hoşlandığı her şeyle nasıl başa çıkacaklarını biliyorlar. Büyükanne ve torunu Amisha için de aynı şey geçerliydi.

Namaz bittikten sonra büyükannenin ayağa kalkabilmesi için desteğe ihtiyacı vardı. Amisha'nın kollarını tutuyor, ayağa kalkıyor ve ibadet odasından çıkıyor.

Amisha büyükannesiyle çok oynadı. Büyükannesinin boş vakti olduğunu görür görmez onunla konuşmaya başlardı. Onunla sadece oynamakla kalmadı, aynı zamanda gününün tüm olaylarını da onunla paylaştı. Okulundaki tüm hikayeler ve diğer her şey kafasında vardı. Ailesi serbest mesleklerde çalışıyordu ve kızlarına ayıracak boş zamanları yoktu. Büyükbabası her zaman gazete okumakla ya da televizyon izlemekle meşguldü. Bazen o da evin en tatlı yaratığıyla oynamayı seviyor.

Yani büyükanne ve Amisha ikilisi çok yakındı ve iyi çalışıyorlardı. Vakit buldukça yeni bir şeyler denediler.

Büyükanne giriş holündeki kanepede oturuyor.   Amisha da gelip dizlerinin üzerine secdeye kapandı. Torununu kucakladı ve yanına oturttu. Daha sonra ona dua sırasında ne söylemek istediğini sordu.

"Büyükanne, orada ne yapıyordun?"

"Tanrıya dua ettim."

"Neden Maa'ya dua ediyorsun?

"Sizin ve herkesin iyiliği için dua ediyorum."

"Herkesin her gün dua etmesi gerekiyor mu?

"Evet canım. Herkes günde en az bir veya iki kez dua etmelidir."

"Tanrı bizi duyuyor mu?

"Evet, Allah dualarımızı işitir ve onlara da cevap verir.

"Dua etmezsem Tanrı beni cezalandırır mı?

"Hayır, Tanrı hepimizi seviyor. Neden bizi sebepsiz yere cezalandıracak?"

"Büyükanne, bazıları Tanrı'nın bizi cezalandırdığını söylüyor. Bu doğru değil mi?"

"Aslında Tanrı yalnızca bizi seviyor. Kendi hatalarımızın cezasını çekiyoruz. Sınıfta her aptalca bir şey yaptığında öğretmenin seni cezalandırmıyor mu?"

"Evet öyle."

"Seni sevmiyor mu?"

"Ey büyükanne, beni en çok seven odur."

"Canım, aynı şey Tanrı için de geçerli. Artık hatırlıyorsun. Kötü davranışlarımızın cezasını çekiyoruz. Bizi besleyen ve bizi doğru zamanda doğru şeyleri yapacak kadar bilge kılan ve aynı zamanda nezaket gösteren şey, Tanrı'nın sevgisi ve ilgisidir."

"Ah ! Büyükanne. Sen benim en tatlı büyükannemsin. Ayrıca bundan sonra bugün olduğumdan daha akıllı olabilmek için Tanrı'ya dua edeceğim. Değil mi?"

"Doğrudur çocuğum. Bu kesinlikle doğru." Ve Amisha'ya sarıldı.

"Büyükanne, Tanrı'dan bir şey istediğini duydum. Bana ne olduğunu söyleyebilir misin?"

"Neden ? Sana mutlaka söyleyeceğim. Tanrı'dan torunuma bugün bana çay yapması için ilham vermesini istiyordum."

"Ben mi, büyükanne? Benimle dalga mı geçiyorsun? Nasıl hazırlandığını bilene kadar sana nasıl çay hazırlayabilirim?" diye sordu Amisha şaşkınlıkla.

"Hadi bebeğim. Endişelenmenize gerek yok. Önce mutfağa geçelim. O zaman sana bir fincan çayın nasıl yapıldığını öğreteceğim."

"Büyükanne, bunu YouTube'dan da öğrenebilirim."

"Tabii ki YouTube'dan her şeyi öğrenebilirsiniz ama benden öğrenmek istersiniz çünkü şu anda yanınızdayım. Çayı hazırlarken seninle ben ilgileneceğim. Şimdilik çok küçük olduğun için yanında olmam çok önemli. Gazı ve tavayı doğru kullanmayı bile bilmiyorsun."

Amisha tereddüt ediyor. Mutfaktaki tüm işi tek başına ve kendi yöntemiyle yapmak istiyordu. Kendine ve YouTube'daki deneyimlerine büyük güveni vardı. Buna karşın büyükannesi kendi yaşam deneyimlerine güveniyordu.

Böylece büyükanne ve Amisha'nın birlikte çay yapmasına karar verildi ve mutfağa yöneldiler.

Yalıtımlı duş

Uzun zaman önce Rampur adlı bir kasabada Leelavati ve Kalavati adında iki arkadaş yaşardı. İki kadın komşu ve yakın arkadaştı. Kadınlar hakkında bir söylenti dolaşıyor: Ne zaman karşılaştıklarında çok konuşuyorlar ve sohbetlerinin odağında başkalarını eleştirmek oluyor. Her ne kadar bunlar söylenti olsa da bazen insanlar bilmeden bunlara inanmaya başlıyor. Başkalarını sebepsiz yere eleştirmenin iyi bir alışkanlık olmadığını bilmeliyiz. Bazı insanlar farkında olmasalar bile hastalığı yavaş yavaş geliştirirler.

Bu iki arkadaşın davranışları ise buna aykırıydı. Başkalarına iftira atmayı asla sevmezler. Birbirlerinin sevinçlerini ve üzüntülerini paylaşmayı seviyorlardı ya da gerçek bir sorunu çözmeye odaklanıyorlardı. Yapacak başka işleri olmadığında şakalaşıp yürekten güldüler.

Kalavati'nin kocası banka memuru olarak çalışıyordu, Leelavati'nin kocası ise kuyumcuydu. İkisinin de okulda okuyan çocukları vardı. Boş zamanları olduğunda evde buluşurlardı. Zaman böyle geçiyor. İkisi de boş zamanlarını küçük sohbetlerle harcamayı sevmiyordu ve bu yüzden yeni ve yaratıcı bir şeyler planlamaya başladılar. Gerçekliğe uygulayabilecekleri bir fikir arıyorlardı. Bu onlara iş ve para kazandıracaktı. Birlikte çalışmak onlar için bir zevk olacaktır. Gerçi bu kolay bir iş değildi. Yeni bir iş yaratmak ve büyütmek gereken dikkati, zamanı, bilgiyi ve özveriyi gerektirir.

Ancak hane halkının mali durumu geçinmeye oldukça yeterli olduğundan para kazanmalarına gerek yoktu. O zaman bile olduklarından daha üretken olmak istiyorlardı. Bu onları ve ailelerini mutlu edecektir. Ne yapacakları, hangi işe başlayacakları sorusu önlerindeydi.

Bir gün altın piyasasında düşüş yaşandı. Bunun Leela'nın kocasının işi üzerinde olumsuz bir etkisi oldu. Her ne kadar piyasada zaman zaman inişler ve çıkışlar yaşansa da. Ve bu kalıcı bir sorun değildi.

Leela, "Yeni bir işe başlamak için iyi bir zaman" diye düşündü.

"Kala, kız kardeşim, dinle beni. Aklımda bir fikir var. Umarım siz de beğenirsiniz." Leela fikrini arkadaşıyla paylaştı.

"Belki. Bana ayrıntılı olarak bir şey bildirin. Kala yanıtladı.

"Kendi işimizi kurmamız gerekmez mi?"

"Elbette. Bu harika bir fikir.

"Söyle bana, ne tür bir işe başlamalıyız? İkimiz de ortak çalışmalı mıyız?"

Kalavati, "Evet, şüphesiz" dedi.

"Bize ne yakışıyor? Bununla ailemizin diğer üyelerinden minimum düzeyde yardıma ihtiyaç duyduğumuz bir start-up'ı kastediyorum.

"Dinle Rahibe Leela. Hadi turşu ve baba işine başlayalım. Bu ürünleri başlangıçta ikimiz hazırlayacağız. İş büyüdükçe bize yardımcı olacak daha fazla işçi ekleyeceğiz." Kalavati coşkuyla konuşuyor.

"Evet, bu bana iyi geliyor." Leela onun fikrini beğendi.

Faaliyetlerimizi geliştirmek için yeni teknikleri nasıl kullanacağımızı da öğreneceğiz." Kalavati devam etti.

Sonunda fikir onaylandı ve uygulamaya konuldu. İkisi de ham maddeleri yazıp marketten satın aldılar. Babaların yapması ve kurutması için bakliyat, baharat ve çalışma kağıtları getirdiler. Turşu yapmak için havuç, karnabahar, pul biber, bektaşi üzümü, turp ve daha birçok sebzeyi getirdiler. Ürünlerin depolanması ve paketlenmesi için kaplar satın aldılar.

Böylece iki arkadaş her gün çok çalıştı ve ürünleri özenle hazırladı. Ürünlerini satmaya ve tanıtmaya hazır tüccarlarla düzenli olarak temasa geçtiler. İlk galibiyetlerini aldıklarında çok mutlu oldular. Aile üyeleri de çalışmalarını takdir etti. Onlar da gurur duydular. Hepsi ilk başarılarını kutlamak için bir araya gelirken çocukları onlara bazı tavsiyelerde bulundu: "Anne, neden ürünlerini internetten satmıyorsun?"

"Bizim bu işleri bilmiyoruz. İki anne bir ağızdan konuşuyor.

"Bu kolaylaşacak anne. Teyze biz çocuklar bu konuda sana yardımcı olacağız. Çeşitli satıcıların ürünlerini sunduğu çok sayıda çevrimiçi alışveriş sitesi bulunmaktadır. Görev sizin için zor olmayacak. Bir satıcı hesabı oluşturun ve ürünlerinizi "Leela Kala Papad" ve "Leela Kala Turşu" isimleri altında satın. Birkaç ay içinde insanlar ürünlerinize hayran kalacak. Bu yüzden yeni şeyler öğrenmekten çekinmeyin. Sizler bizim cesur annelerimizsiniz. Size çok yardımcı olacağız. Biz sizin çocuklarınız değil miyiz?" diyor çocuklar.

"Mükemmel fikir! Yani yakında ünlü olacağız. Değil mi?" Leelavati ve Kalavati birlikte konuşuyor. Daha sonra orada bulunan herkes alkışladı.

"Gerçek bu. Gerçekten şaka değil" dedi çocuklar.

"Tamam, deneyelim." İki arkadaş cevap verdi. Kararlıydılar.

İşte o zaman oldu. Hepsi birlikte çalıştı. Satışların ve üretimin her geçen gün artması şirketin kârını artırmasına yardımcı oldu. Piyasada işleri parlamaya başladı. Bugün Leela Kala ünlü bir marka haline geldi. Bu herkesin iyi niyetinin ve ortak çabasının sonucudur.

Sıcak bir yaz öğleden sonrasıydı. Bulutlar gökyüzüne yayıldı.

"Bugün baba ve turşu yapamayacağız. O halde bugün biraz eğlenelim. Bazen ara vermeliyiz," diye düşünen Kalavati, telefonundan Leelavati'yi aradı, "Leela abla! Çabuk buraya gel."

"Ne oldu canım? Her şey yolunda mı?"

"Önce sen gel. Sana bir sürprizim var."

"Ah ! HAYIR. Söyle bana lütfen. Kesinlikle geleceğim. Görevimi tamamlar tamamlamaz karşınıza çıkacağım."

"Öyleyse dinle kardeşim. Gökyüzüne bak. Çok güzel. Çay ve atıştırmalıkları bir arada içmek iyi bir fikir olmaz mıydı? Rica ederim. Gecikmeden gelin. Pakora ve çay yapmak için mutfağa gidiyorum.

"Bu iyi bir fikir. Ağzım sulanmaya başladı. Lezzetli bir nane ve kişniş turşusuyla birkaç dakika içinde orada olacağım. Leela cevap verdi ve telefonu kapattı. Daha sonra sosu hazırlamaya koyuldu. Sosun hazır olması sadece on dakika sürdü. Leela içindekileri cam bir kaseye döktü ve elinde tutarak parti mekanına doğru yürüdü. Herkes sabırsızlıkla bunu bekliyor.

"Hadi Leyla. Ah ! çok güzel. Tadı hoştur. Otur ve tabağını al." Kalavati dedi.

Herkes yemeği kendi tabağına koymaya başladı. Kala herkese çay ikram etti. Herkes atıştırmalıkların, çayın, birbirleriyle arkadaşlığın ve güzel havanın tadını çıkardı.

Pencereden dışarının manzarası görünüyordu. Hava çok güzeldi ve soğuk bir rüzgar esiyordu. Bir süre sonra yağmur yağmaya başladı. Başlangıçta izole bir duş vardı. Bir anda şiddetli yağmur yağmaya başladı. Bitkiler ve ağaçlar mutlu görünüyorlardı ve dallarını kol gibi hareket ettirerek keyiflerini gösteriyorlardı. Bütün ortam çok hareketli hale geldi. İftarın ardından vatandaşlar tazeliğin tadını çıkardı. İki arkadaş konuşmaya başlar ve çocuklar oyun oynamakla meşguldür. Yağmur durduğunda gökyüzünde güzel bir gökkuşağı belirdi.

Cesur kız

Bir zamanlar Sitapur adında bir şehir varmış. Bawri adında genç bir kız ailesiyle birlikte yaşıyordu. Bu hikaye ebeveynlerin çocuklarına isim seçerken pek dikkatli olmadığı bir dönemde yaşandı. Çocuklarına istedikleri isimle hitap ediyorlardı. Hintçe'de "Bawri" kelimesi "deli" anlamına gelir ama hikayedeki kız tam tersiydi. Bir isme gelince, çoğu zaman insanlar, anlamını hiç  düşünmeden, bir kişiye o isimle hitap etme alışkanlığına kapılırlar. Zeki kız Bawri için de durum aynı. O zaman bile isminden memnun değildi. Her zaman kendisinin de arkadaşları Uma, Rama veya Tina gibi güzel bir ismi olsaydı ne olacağını merak ederdi. Birisi onun adını her söylediğinde, adını beğenmediği için üzülüyordu. Ama o güçsüz. İsim ebedi olduğuna göre ismini nasıl değiştirebilirdi?

Bir gün annesinin yanında otururken kızının gözlerinin yaşardığını gördü.

"Bawri, ağlıyor musun? Neden ağlıyorsun? Kızımı ne üzdü? Lütfen sorununuzu bana bildirin. Bir sorun mu vardı?"

"Hayır anne. Yeni bir şey yok. O kadar önemli değil. Ben iyiyim"

"Hayır, endişelenmenin bir nedeni var. En azından annene söylemen önemli. Benden hiçbir şey saklayamazsın." Annesi gerçeği söylemesi konusunda ısrar ettiğinde konuşmak zorundadır.

Anne, kızının isminin kendisi için sorun haline geldiğini öğrenince şaşırdı. "Canım, yaşadığımız bazı sorunlar gerçek değil hayal ürünüdür. Aynı şey sizin için de geçerli. İsminizden rahatsızlık duymamalısınız.

Kimse bunu düşünmüyor. İsim senin değil. Bu sadece seni aramak için kullanılan bir araç. İsimler bir kişiyi tanımlamaz. İçinizdeki kişi, içsel nitelikleriniz ve gerçekleştirdiğiniz eylemlerle tanımlanır. Bu konuda endişelenmenize gerek yok. İnsanlar isimle dalga geçiyor. Ancak bu durum size herhangi bir rahatsızlık verdiyse özür dileriz. Bunun olacağı hiç aklıma gelmemişti."

Bawri annesini dikkatle dinliyor. Ağlamayı bıraktı.

Annesi daha sonra ona Sanvari demeye başladı. Onu çok seviyordu çünkü o onun kızıydı. Çok güzel bir kızdı. Aynı zamanda çok bilge ve zekiydi. Ne zaman bir sorun ortaya çıksa, onu mümkün olduğu kadar çabuk çözmek için akıllı beynini kullanıyordu. Yavaş yavaş onun adını düşünmeyi bıraktı ve dikkatini çalışmalarına ve çalışmalarına odakladı.

Genç bir kızdı. Küçük çocuklar daha hızlı büyür. O da yabani bir asma gibi büyüdü. Neşeli bir kişilik geliştirdi. Her zaman okumakla, oynamakla ve yeni veya yaratıcı bir şeyler öğrenmekle meşguldü.

Gerçekte ebeveynlerinin evi çocuklukta kaos ve heyecanın yaşandığı bir yerdi. İster yabani bir asma, ister yaşam asması olsun, büyüyecek ve gelişecektir. Tatlı sesiyle herkesi mutlu etti. Annesinin ev işlerini ona vermesi hoşuna gitmiyor. Gülmekte zorlanıyordu ve ağlamak istiyordu.

Bawri'nin annesi pek resmi bir eğitim almadı. O zaman bile eğitimin önemini biliyordu. Kızının değerli zamanını mutfakta geçirip darmadağın olmasını istemiyordu. Ayrıca ders çalışmak için de zamana ihtiyacı var. Ancak evdeki iş yoğunluğundan dolayı anne bazen yorulabiliyor. Daha sonra ihtiyaç doğduğunda isteksiz de olsa kızını yardıma çağırdı.

Birkaç yıl böyle geçti. Sanvari ortaokulu mükemmel notlarla geçti ve ardından lisede birinci oldu. Artık bilim akışında 11. sınıfa geçtiği için fen bilimleri okumayı zor buluyor. Anne ve babasının izniyle çalışmalarına giderek daha fazla zaman ayırmaya başladı.

Zamanın kanatları vardır. Mutluyken zaman uçar. Anne ve babasının tek çocuğu olan Bawri, onların gözbebeğiydi. Çocuklarıyla en iyi şekilde ilgilendiler. Ne zaman bir şey istese, ona sık sık onu vermeye çalışıyorlardı. Bawri de oldukça bilgeydi ve sınırları biliyordu. Ayrıca ebeveynlerine karşı da saygı duygusu vardı. Gereksiz arzuları olmayan, halinden memnun bir insandı.

Bawri zamanla büyüdü. Zihni havadaki değişikliklerden etkilenmedi. Tamamen çalışmalarına ve kariyerini geliştirmeye odaklandı. Bu özveri sayesinde Bawri, 12. sınıf sınavlarını başarıyla geçti ve Bachelor of Science programına kabul edildi.

Bawri'nin babası Ramnath Ji'nin ailesiyle birlikte yaşadığı büyük bir evi vardı. Evin tepesinde geniş bir açık teras vardı. Evin birinci katı üç bölümden oluşuyor. Bir bölümde yatak odaları, ikinci bölümde mutfak ve geniş bir avlu bulunuyordu. Üçüncü bölüm, yemyeşil çimlerin ve çeşitli bitki ve ağaçların bulunduğu bir bahçeydi.

Zaman zaman arkadaşı Rama onunla çalışmaya gelirdi, bazen de Bawri Rama'nın evine giderdi. Ancak çoğu zaman evde ders çalışıyordu.

Yaz aylarında aile, temiz havanın tadını çıkarmak için sık sık çatıya çıkıyor ve bazen orada uyuyordu. O zamanlar saatlerce süren elektrik kesintileri olağandı. Dinlenme zamanlarında sıcaktan kaynaklanan rahatsızlıklardan kaçınmak için insanlar çatılara çıktı ya da avluda uyumayı tercih etti.

Bir yaz gecesiydi. Bawri çatıda ders çalışıyordu ve sonunda uykuya daldı. Alt katta, avluda babası uyuyor. Saat gece yarısını geçti ve herkes uyudu. Bawri de uyumuştu. O zamanlar saat dokuz ya da on civarında yatmak yaygındı.

Bawri uyurken susadığını hissetti. Uyandı ve biraz su almak için mutfağa inmek istedi. Duvarda oraya buraya hareket eden gölgeleri fark ediyor. Biraz korkmuştu.

"Korkulukta ne hareket ediyor? Orada duran kimse var mı? Ah ! Evet, bir hırsız var. Bunu açıkça görüyorum."

Hırsız korkulukların üzerinde yürüyordu. Karanlık bir geceydi ve bundan yararlanmaya çalıştı. Kalbi yarışıyor.

"Ah ! Anladım," diye haykırıyor iç ses. O zaman ne yapmalı? Beyni yarışıyor.

"Neden korkuyorum? Korkacak bir şey yok. Hırsız benden her zaman uzaktadır. Bana saniyeler içinde ulaşamıyor. Babamı uyandırmak için hemen çığlık atmalıyım." Kararını verdi. Hâlâ avluda uyuyan babasını uyandırmak için hiç vakit kaybetmeden yüksek sesle ağlar.

"Baba, baba! Şuraya bakın… bir hırsız var!" Bawri diyebilir. Sesini duyan babası hemen uyanır.

"Bawri, nerede? Hırsız nerede?" diye sorar Bawri'nin babası.

Bawri korkuluğu işaret ederek, "Baba, şuraya bak," dedi.

"Ama nedir bu? Hırsız şimdi nerede? Şu anda göremiyorum. Birkaç dakika önce buradaydı." Bawri dedi. Hırsızın bir anda ortadan kayboluşuna çok şaşırdı. Yaşanan kargaşa ve yakalanma korkusu nedeniyle hırsız, çitlerin üzerinden atlayarak kaçmak zorunda kaldı.

 Bawri daha sonra merdivenlerden aşağı iniyor. Babası, kızının cesaretinden çok memnundu. Eğer onu zamanında uyandırmasaydı hırsız evlerine girebilirdi. Evdeki herkes uyandı. Annesi de cesur kızına değer vererek ona sevgi ve şefkat yağdırdı.

"Kızım Bawri en cesurudur. Harika bir iş başardın.

Bawri çok mutluydu ve kendisiyle gurur duyuyordu. Bawri de o zamanlar ismiyle gurur duyuyordu.

Periler diyarı

Sarang sevimli ve mutlu bir küçük çocuktu. Henüz bir buçuk yaşındaydı. Çok hareketli bir bebekti. Gün boyu yaramazlıklarla meşguldü. Her zaman herkesin aktivitelerini kopyalamaya çalışıyordu. Süpürme taklidi yaparak annesini taklit ediyor. Babası gibi o da eline bir tıraş fırçası alır ve tıpkı kendisi gibi tıraş oluyormuş gibi davranırdı. Çok eğlendi. Ailedeki herkes de onun komik hareketlerini izlerken eğlendi. O sırada Sarang'ın annesi ona çeşitli oyuncaklar verdi ve onu oyunlara dahil etmeye çalıştı. Ama çocuklar çocuktur. Oyuncaklar onlara sunulduğunda onlara dokunmak bile istemezler. Büyükler gibi davranmayı severler. Bu nedenle hareketlerini, oturma, ayakta durma, konuşma ve hatta yemek yeme şekillerini kopyalarlar. Bazen herkes için en kolay eğlence kaynağı haline gelirler. Küçük çocuk Sarang için de aynısı geçerliydi.

Büyürken ailesi onun her gün yeni bir şeyler öğrenmesini sağlamaya çalıştı. Hatta ona küçük şiirler bile okuyorlar. Sarang annesinin sesini takip ederek bunları tekrarlıyor. Doğru konuşmayı öğrenir. Her gün yeni kelimeler öğreniyor. Her kelimeyi doğru telaffuz edemese de yine de denedi. Onun tüm davranışları anne ve babasını çok mutlu etti. Bütün gününü öğrendiği şiirleri okuyarak, evinin bir köşesinden diğerine geçerek geçiriyor. Sarang biraz büyüdüğünde annesinin hikayelerini dinlemeyi sever. Ayrıca birkaçını da öğrendi.

Sarang'ın mahallesinde birçok arkadaşı vardı. Herkes onun yaş grubunda değildi. Çoğu ondan biraz daha yaşlıydı. O zaman bile hepsi

Sarang'la oynamak istiyordu. Sarang onların gözbebeğiydi. Bu çocukların arasında Hina adında bir kız da vardı. Sarang'ı kardeşi olarak görüyor ve en çok sevdiği kişi o. Bütün gün Sarang'la oynamak istiyor. Ya Sarang'ın evinde ya da onun evinde oynadılar. Sık sık Sarang'ı eve götürmek konusunda ısrar ediyordu. Sarang da arkadaşlığından hoşlanıyor. Hina'nın ısrarlı isteği üzerine Sarang'ın annesi onun evine gitmesine izin verir. Hina altı yaşında küçük bir kızdı. Ablası rolünü çok iyi oynadı. Sevgiyle Sarang'a "Mogli" adını verdi. Hina'nın annesi de Sarang'a kendi oğlu gibi bakıyordu. Böylece Sarang dört yaşındayken zamanını oyun oynayarak geçirdi ve zeki oldu.

Bir gün Sarang'ın babası ona bir sesli kitap getirdi. Peri masallarının sesli kitabıydı. Sarang hikayeleri okumaya ve dinlemeye büyük bir ilgi duydu. Sesli kitabı okudu ve tüm masalları dinledi. Birkaç gün boyunca onları sürekli dinledi. Bu onu mutlu etti. Her gün masallar dinliyor ve onlardan büyük keyif alıyordu.

Bir gün Sarang rüyasında perileri gördü. Perilerin kraliçesi onu karşılamak için evine geldi. Onu masallar diyarına götürür. Oraya her yöne taşındı. Orada çeşit çeşit periler gördü. Sanki havada bir yerden diğerine uçuyormuş gibi hissettiler. Peri kraliçesine ne zaman bir şey sormaya çalışsa, kadın ona sessiz olmasını işaret ediyordu. Sarang ilk başta iki peri gördü: Korkunç Peri ve Kızgın Peri. Peri kraliçesi sıkıca Sarang'ın elini tutar ve onu onlardan uzaklaştırır. Orada birçok iyi kalpli periyle tanıştı.

Peri kraliçesi çocuğa şöyle dedi: "Sarang, bak. Hepsi iyi periler. Asil işler yapan herkese gerçekten yardım ediyorlar."

Sarang periler diyarında orda burada dolaşmaktan çok mutluydu. Daha önce hiç masal diyarına gitmemişti. Peri kraliçesine sormuş: "Burada, masallar diyarında sonsuza kadar kalabilir miyim?"

Bunu duyan peri kraliçesi gülümseyerek cevap verdi: "Hayır Sarang, canım. Burada kalamazsın. Periler diyarı insanlar için yaratılmamıştır. Burası sadece perilerin yeri."

Sarang o sırada üzgün hissetti. Periler diyarında kalmayı çok istiyordu. Onun üzüldüğünü gören peri kraliçesi ona şöyle dedi: "Üzülme Sarang. Periler diyarını istediğin zaman tekrar ziyaret edebilirsin."

Sarang bunu duyduğuna çok sevindi. Peri Kraliçesi devam etti: "Eğer tüm insanlar Peri Diyarı'nda yaşamaya başlarsa, burası aşırı kalabalıklaşacak ve korkunç ve öfkeli perilerin sayısı büyük olasılıkla artacak. O zaman kimse burada yaşamak istemez. İyi periler buradan kaçmak isterler." Sarang çok şaşırır. Peri kraliçesi asasını havada sallar ve Sarang'dan bir dilek tutmasını ister.

Sarang bir hikaye anlatıcısı olmak istiyor. Perilerin kraliçesi onu bu ayrıcalıkla kutsadı.

Sarang, periler ülkesini tekrar ziyaret etme arzusunu dile getirdi. Peri kraliçesi bu kez hiçbir şey söylemedi. Gülümseyerek asasıyla Sarang'ın kafasına nazikçe dokunuyor. Sarang yere yığılacakmış gibi hissetti. Gözlerini açtığında masallar ülkesinin hayalini kurduğunu fark eder. Hayalini kurduğu her şeyi hatırlamanın mutluluğunu yaşadı. Birkaç gün sonra Sarang, masallar ülkesi hayalini unuttu.

Sarang okulun birinci sınıfında okudu. Cümle kurmayı öğrendi. Bir gün Hintçe ödevini yaparken aklına bir hikaye yazmayı düşündü. Annesinin günlüğünü alır ve hikayeyi yazmaya başlamak için hemen bir kalem alır.

Hikâyeyi şu şekilde yazdı. Başlığı "Sohan'ın **Bilgeliği**" idi.

 Bir köyde Dhaniram adında zengin bir adam yaşardı. Sohan adında bir oğlu vardı. Bir gün Dhaniram, oğlu Sohan'ı evde bırakarak acil bir iş için ayrılmak zorunda kaldı. Sohan'dan kapıyı güvenli bir şekilde kilitlemesini ve dışarıdan gelenlere açmamasını istedi.

Dhaniram gittikten kısa bir süre sonra kapı çalınır. Sohan, "Kim o?" diye sorar. Yabancı, "Ben Dhaniram'ın arkadaşıyım" diye yanıtladı. Sohan kapıyı açar ve evin içinde iki davetsiz misafir bulunca şaşırır. Daha sonra kendisine zor zamanlarda akıllı ve sabırlı olmasını tavsiye eden babasının tavsiyesini hatırladı. Sohan davetsiz misafirlerden birinin kendisine silah doğrulttuğunu gördü.

Sohan hızla bir plan yaptı. Tuvalete gitmek için izin istedi. Döndüğünde davetsiz misafirlere sordu: "Biraz su içmek ister misiniz?" Evet deyince su getirdi. Davetsiz misafirleri bu suyu içtikten sonra bilincini kaybederek yere yığıldı. Davetsiz misafirlerin haberi olmadan Sohan, servis ettiği suya uyku hapı

eklemişti. Onu içtiler ve bayıldılar. Sohana hemen polisi aradı ve onlara davetsiz misafirlerin varlığını bildirdi. Polis geldi ve suçluları tutukladı. O zamana kadar babası Dhaniram da eve dönmüştü. Polis Sohan'ın zekasını övdü ve ona bir ödül verdi. Sohan'ın babası onu çok seviyordu.

Sarang bu hikayeyi çok mutlu olan annesine gösterdi. Sarang'ı daha fazla hikaye yazmaya teşvik etti.

Sarang büyüdükçe giderek daha yaratıcı hale geliyor. Bir gün okulda bir hikaye yazma yarışması düzenlendi. Sarang da bu yarışmaya katılarak ödülü aldı. Bütün öğretmenler onu kutsadı. Annesi onu çok seviyordu.

Sarang o gece uykuya daldığında yine masallar diyarını hayal etti. Perilerin Kraliçesi onu çok sevdi ve kutsadı. Bir kez daha perilerin arasında dolaştılar.

Altın kuğu

Bir zamanlar bir köyde Budhua adında bir adam yaşarmış. Mesleği dokumacıydı. Elbise dokur ve bunları pazarda satardı. Sabahtan akşama kadar özenle çalıştı, gün boyu dokuma yaptı. Çok çalışmasına rağmen çok fakirdi. Ne olursa olsun, geçimini sağlaması mümkündü.

Ailesinde sadece iki kişi vardı. Yanında evde yaşayan yaşlı annesi vardı. Annesi çok yaşlıydı. Yüzünden yaşı açıkça görülüyor. Ayakları neredeyse mezara sarkıyordu. Sürekli tek oğlu için endişeleniyordu.

"Budhua benim ölümümden nasıl kurtulacak? Sık sık bunu düşünüyor. "Onunla ilgilenecek kimse olmayacak. Bu korku ölmeme bile izin vermezdi."

Oğluna bakabilecek bir gelin istiyordu. Öldüğünde ona bakacak birisi olmalı.

Yoksullar için geçimini sağlamak büyük bir sorundur. Budhua fazla para kazanmadı. Geliri anne ve oğlunun hayatta kalmasına zar zor yetiyordu.

"Budhua evlendiğinde günlük harcamalar artacak ve daha fazla kazanmak zorunda kalacak. Her ne kadar tüm aile üyelerini birbirine bağlayan şey insanların kalplerindeki sevgi olsa da. O zaman bile paranın oynayacağı önemli bir rol var." Yaşlı anne gece gündüz düşünmeye devam etti. Ayrıca üzüntülerinin bir an önce son bulması için Allah'a düzenli olarak dua ediyordu.

Yaşlı anne, sürekli olarak göksel bir meleğin gelip oğluyla evlenip onu refaha kavuşturacağından endişeleniyordu. Bu kaygılar ve dualar içinde günler, aylar, yıllar geçti.

Bir gün Tanrılar Budhua'nın evinin önünden geçiyorlardı. Kılık değiştirdikleri için tanrı olarak tanınamazlardı. Budhua'nın durumunu fark ettiler ve münzevi gibi davranarak ondan sadaka istemeye karar verdiler. Budhua'nın eşiğine ulaşırlar ve kapıyı çalarlar. Yaşlı anne kapıyı açtı ve sordu.

"Baba! Nedir?"

"Amma! Baba aç. Bize yiyecek verirseniz çocuklarınız bereketlenir."

"Elbette." Amma gülümseyerek eve girdi ve iki chapatis ile kendine ait birkaç sebze getirdi. Bunları bu Baba'ya verdi. Ayrıca ona bir bardak su verdi. Baba, yemeği yedikten sonra çok memnun ve mutlu oldu. Bana, "Amma, ne istiyorsan onu iste" dedi.

Amma şöyle cevap verdi: "Ne istersem verecek misin? Sözünü reddedemezsin."

"Her şeyi sorabilirsin, Amca. Baba her zaman sözünü tutar."

Yaşlı kadının gözleri dolmuştu. Bunları gizleyemezdi. O, "Baba, oğlum Budhua'ya uygun birini bulmak istiyorum. Evlenip müreffeh bir hayat sürdüğünde, ben de Allah'ın meskenine esenlik içinde gideceğim."

"Öyle olsun." Bunu söyleyen Baba yola çıktı.

 Bir akşam güneş eve döndüğünde, gece yavaş yavaş her yere karanlık yaymaya başlar. Gümüş ay gökyüzünde belirdi ve parlamaya başladı. Gece yarısı herkes uyuyordu. Yaşlı kadının evinde aniden bir kuğu belirdi. Kimse onun varlığını fark etmedi. O girdi

Budhua'nın ipliklere kumaş dokuduğu odada sessizce. Kuğunun tüyleri çok parlak, altın rengi bir ışıkla parlıyordu. Kuğu odaya girer girmez kapı kendiliğinden kapandı.

Kuğu, zaten orada olan renkli ipliklerle ağı örmeye başladı. Bütün gece titizlikle çalıştı. Sabahın ilk ışıklarından hemen önce kuğu, örülmüş ağı geride bırakarak ortadan kayboldu.

Budhua ertesi sabah her zamanki gibi uyandı. Sabah rutinini tamamladıktan sonra işe gitmek için hazırlandı. Odasına girer girmez muhteşem bir şey gördü. Orada ipeksi yansımaları olan son derece yumuşak ve güzel bir kumaş buluyor. Bu kumaşın nereden geldiğini merak etti. Önceki gün orada olmadığı kesin. Cevap alamayınca ne olduğunu öğrenmek için annesinin yanına gittik.

"Anne ! Anne ! Bu kadar güzel kumaşı ne zaman dokudunuz?"

"Ah, Budhua! Oğlum. Dalga mı geçiyorsun? Sonuçta sen biraz ahmaksın. Uzun zamandır kumaş dokumadım. Aman Tanrım, dokumayalı yıllar oldu. Bana aklından ne geçtiğini söyle."

"Anne odamda çok güzel bir kumaş var. İşi yaptığını sanıyordum." Budhua yanıtladı.

"O nerede? Bakalım ne olacak. Buna inanamıyorum." Annesi de şaşırıyor.

"Benimle gel." Annesinin elinden tutarak odasına doğru yürür.

"İşte burada. Şimdi görüyorsun. Ben yalancı mıyım?"

Yaşlı kadın gözlerine inanamadı. Oğul devam etti.

"Şuna bak anne! Çok güzel değil mi? Hiç bu kadar güzel kumaş gördünüz mü? Belki senin ördüğünü düşündüm, o yüzden sordum."

"Ah, evet! Gerçekten çok güzel bir kumaş. Aynı zamanda ince ve yumuşaktır. Budhua, onu ördükten sonra unutmuş olmalısın? Değilse, başka kimde var? Evde senden ve benden başka kimse yok." Daha sonra yüzüne bakmaya başladı.

"Anne, pek zeki olmadığımı biliyorum. Ama keskin bir hafızam var. Her şeyi iyi hatırlıyorum." Cevap verdi.

"Budhua biraz budala olabilir ama ne ördüğünü, ne dokumadığını hatırlamayacak kadar unutkan değildir. Anne bunu fark etti.

"Bunu pazara götürüp satabilir miyim?" Budhua'nın aklında harika bir fikir vardı.

Bu fikrini annesine anlatır. "Elbette oğlum. Gitmelisiniz. Tanrı dualarımı yanıtladı ve bize gizlice yardım etti." Cevap verdi. "Herkese yardım eden o.

Budhua pazara gitti ve kumaşı sattı. Bunun karşılığında yüksek bir bedel aldı. Budhua akşam eve döndü. Yolda bazı gıda ürünleri satın aldı. Kazandıklarını annesine gösterdiğinde gözleri şaşkınlıkla açıldı. İkisi de güzel bir yemek yiyip uykuya daldılar.

O gece aynı şey birkaç kez tekrarlandı. Altın bir ışık yayan altın bir kuğu ortaya çıktı ve güneş doğmadan önce ortadan kayboldu. Yine kimse görmedi. Orada yatan dokuma kumaş aile bireylerinde bir kez daha soru işaretleri uyandırdı. Her gün aynı şey oluyordu. Budhua daha sonra meraklandı ve sebebini ve onlara bu kadar gizli bir şekilde yardım eden kişiyi bulmaya karar verdi.

Gerçeği öğrenmeye karar verdi. O gün tekrar pazara gitti ve bu ipek benzeri güzel kumaşı yüksek fiyata sattı.

Budhua ve annesi düzenli olarak lezzetli yemekler yiyebildikleri için çok mutluydular. Gün yavaş yavaş geceye dönüştü ve Budhua'nın beklediği an geldi.

Gizemin ortaya çıkmasını sabırsızlıkla bekliyordu. Yaşlı kadın uyuyordu ve oğlu gizemli asistanı görmeyi bekliyordu. Bir anda etrafa altın rengi bir ışık yayıldı.

"Ah ! Ne tür bir ışık bu? Rüya mı görüyorum?" Gözlerini ovuşturuyor. Gözlerini açtığında inanılmaz bir şey gördü. Altın bir kuğu sessizce odasına girdi.

"Ah, bu nedir? Altın bir kuğu mu? Budhua'nın gözleri şaşkınlıkla büyüdü. Kafasındaki karışıklığı gidermek için tekrar gözlerini ovuşturdu. Şöyle haykırıyor: "Bu gerçekten altın bir kuğu! Çok güzel altın tüyleri olan altın bir kuğu! Hayatımda hiç bu kadar güzel bir kuğu görmemiştim." Sevinçle haykırıyor.

"Kanatlarından ne güzel altın ışık yayılıyor?"

"Budhua merakını gizleyemedi. Kuğuyu takip etti. Odaya girer girmez kapı otomatik olarak içeriden kilitleniyor. Odaya giremedi. Sadece pencereden dışarı bakabiliyordu. Orada gördükleri onu suskun bırakıyor. Bir kuğu nasıl ağ örebilir? Sonunda sabrını kaybeder. Aniden kuğu kaybolur. Orada kuğu yerine genç bir kız belirdi. Budhua sessizliği bozar. Ona şunu sorar: "Sen kimsin? Burada ne yapıyorsun? Buraya nasıl geldin? Bana kendinden bahset.

Kız cevap verdi: "Benim adım Hansika. Dünyada yalnızım. Ona bir bardak su vermeyi reddettiğim için bir aziz tarafından lanetlendim. O an kuğuya dönüştüm."

Hansika, "Artık lanetten kurtuldum" diye devam etti. Konuşmaları sırasında anne de onlara katıldı.

Budhua daha sonra ona "Benimle evlenir misin?" diye sordu.

Budhua, Hansika ve annesinin onayıyla Hansika ile evlendi. Hansika ve Budhua, kumaş dokup bunları piyasada yüksek fiyatlara satmak için birlikte çok çalıştılar. Budhua'nın günlerinin iyiye doğru değiştiğini söylemeye gerek yok. Böylece bilgenin kutsamasıyla Budhua'nın annesinin hayatı da mutlu oldu.

Beşiğin tarihi

Uzun zaman önce Bharati adında fakir bir kadın yaşardı. Yoksulluğun yavaş yavaş hayatına girdiği söylenir. Kraliçeler gibi yaşadığı bir dönem vardı. Kocası büyük bir işletmenin sahibiydi. Ancak bazı koşullar nedeniyle zaman değişti ve işinde büyük bir kayıp yaşamak zorunda kaldı. Üç kişilik küçük bir aileleri vardı. Bir karı koca ve sevimli küçük bir kız. Ne olursa olsun, olumsuz koşullarla olumlu bir şekilde yüzleşmeye kararlıydılar. İnsan yeni bir iş kurmaya  başladığında yükseklere ulaşmak için zamana ihtiyacı vardı. Bharati büyük bir sabır ve umut gösterdi. Tanrıya olan inancı tamdı. Sağlıklı ve zengin olacak kadar şanslı olduklarında fakirlere ve muhtaçlara karşı çok nazik davrandılar. İyi zamanlar geri geldikçe kötü zamanların da geçeceğini biliyorlardı. Bharati kendini tamamen kızlarının eğitimine adadı. Bu küçük varlığa daha iyi bir yaşam sunmaya kararlıydı. Bazen yanında hiç parası olmuyordu. Kızına destek olmak için ne zaman paraya ihtiyaç duysa, atalarının kendisine verdiği eski eşyaları satıyordu. Bu gelirle kızının tüm ihtiyaçlarını karşıladı. Zamanla kızı büyüdü ve okula gitmeye hazır hale geldi. Çocuklarına iyi bir eğitim vermek elbette ebeveynlerin sorumluluğundadır. Onu bekleyen yeni bir dizi sorumluluk var. Durum zor görünüyor ve çözümler önemli fedakarlıklar gerektirebilir.

Bir gün maddi durumlarını nasıl yöneteceklerini düşünürken Bharati, evinde eski bir ahşap beşik fark etti.

"Değerli olabilir." diye düşündü. "Bunun atalarımıza ait olduğunu düşünüyorum." Biraz kayboldu. Kime soracağını, nasıl karar vereceğini iki gün boyunca düşünmeye devam etti. Kocası iş gezisindeydi. Başka seçeneği olmadığından eski atalarının beşiğini satmaya karar verdi. Beşik çok değerli ve eski olduğu için satmak istemedi. Ailesinin birkaç kuşaktan çocukları bunu çok eski zamanlardan beri kullanıyordu.

"Şimdi sıra kızımdaydı. O da bunu çok kullandı. Onun için güzel bir yatak ve aynı zamanda bir oyun alanıydı. Yokluğunda bir annenin kucağı gibiydi. Bugün onu satmak zorundayım. Kararımdan memnun değilim. Ey Tanrım! Lütfen beni affedin çünkü ben sadece görevimi yaptım."

Ataların beşiği nesilden nesile aktarılan değerli bir mirastı. Bharati, manevi ve tarihi değeri nedeniyle onu satmaya isteksiz olsa da, kızının eğitimi için bunu yapmak zorunda hissetti.

Tahta beşiği satmak için ilan vermeye karar verir. Kızına beşik almayı planlayan cömert bir bayan olan Arti, ilanı gördü ve Bharati ile temasa geçti. Beşiği beğendi ve onu satın alarak Bharati'ye kızının eğitim ihtiyaçlarını karşılamak için gereken doları verdi. Bharati mutlu bir şekilde eve döndü, gerekli tüm eşyaları aldı ve kızını okula gönderdi.

Beşiği satın alan Arti, bir süre sonra onun sağlamlığına ve güzelliğine rağmen oldukça eski olduğunu fark etti. Ancak çocuğuna yeni bir tane almak için onu satmayı düşündü. Yakında yakınlarda bir antika müzayedesi yapılacak. Arti beşiği açık artırmaya çıkarmaya karar verdi. Beşik için verilen teklifin beklediğinden çok daha yüksek olması onu şaşırttı. Aldığı miktar, Bharati'ye ödediğinden çok daha fazlaydı. Daha sonra beşiğin önceki sahibi Bharati'yi hatırlıyor; o kadar fakir ki, kızının geçimini sağlamak için atalarının beşiğini satmak zorunda kaldı. Bharati'nin iletişim bilgilerini buldu ve hemen onunla iletişime geçti.

Arti, Bharati'nin mali zorluklarını ve beşiği satma nedenini öğrendiğinde şaşkına döndü. Bharati'nin hikayesinden etkilenen Arti bir karar verdi. Bharati'yi arar ve açık artırma tutarının yarısını kendisiyle paylaşacağını söyler. Bharati, Arti'ye karşı minnettarlıkla dolup taşar. Kendisine çok teşekkür etti. Artık o kadar çok parası vardı ki, kızının eğitimiyle ilgili tüm ihtiyaçlarını karşıladıktan sonra yıllarca tükenmeyecekti. Sonunda Arti, Bharati'ye sarıldı ve şöyle dedi: "Bu beşik her zaman senindi ve bu para üzerinde benim gibi senin de aynı hakkın var. Beşiğin gerçek sahibine yardım edebildiğim için çok mutluyum." Bharati ona defalarca teşekkür etti.

İyi bir iş çıkardığından memnun olan Arti de eve döner. Vermenin ve paylaşmanın sevincinin her zaman almaktan daha büyük olduğunu fark etti.

Veeru'nun icadı

Bir zamanlar Kanjakvan adında bir orman varmış. Bholu ayısı ve ailesi orada yaşıyordu. Bu ormanda başka birçok hayvan da yaşıyordu. Aslan Sheru ormanın kralıydı. Gündüzleri ailesiyle birlikte ormanda yürüyor, geceleri ise mağarasında uyuyordu. Ormanda Gunnu adında, uzun boynu sayesinde tehlikeleri uzaktan fark edebilen dikkatli bir zürafa vardı. Fil

Appu kar kadar beyazdı. O kadar güzeldi ki cennetin Airavat isimli meşhur filiyle yarışabilecek kadar güzeldi. Kanjakvan isimli orman bu sayede her zaman mutlu bir ortama sahip olmuştur. Gün içerisinde bir yerlerde kuşların cıvıl cıvıl tatlı seslerini duyarız. Ağaçtan ağaca ve her yere mutlulukla uçtular. Bazıları yuvalarını ağaçlara yapmıştı. Sürekli gevezelikleri ormanın neşesine katkıda bulunuyordu; onların varlığı ormanı canlı kılıyordu. Ayrıca zekaları ve yaramazlıklarıyla neşeli bir atmosfer sağlayan tilki Manthara ve maymun Manu da vardı. Kanjakvan'da sevginin, kardeşliğin ve birliğin örneği olan diğer hayvanlar da yaşadı.

Ancak Kanjakvan'da bir şey eksikti. Kolay ulaşılabilir bir içme suyu, yani tüketime uygun su kaynağı yoktu. Kanjakvan'da gölet veya kuyu yoktu. Daha önce yaz sıcaklarının fazla olması nedeniyle kuruyan bir gölet vardı. Bulutlar suyu serpmeyeli uzun zaman olmuştu. Şu ya da bu nedenle greve gitmiş gibi görünüyorlardı. Kanjakvan halkı susadıklarında yakındaki ormandaki Champakvan'a gitmek zorunda kaldılar. Kanjakvan halkı, bunu kaderi olarak görerek, zorlu ve çorak hayatlarına bir kabullenme duygusuyla katlandı.

Bir atasözü kaderin eylemden daha büyük olmadığını söyler. Doğru yönde atılan adımlar kaderi değiştirme gücüne sahiptir. Allah kendine yardım edenlere yardım etsin. Kanjakvan'ın genç nesli boş durmadı. Su sıkıntısı sorununu çözmek için sürekli çalışıyorlar. Çabaları, bu insanların hayatlarını biraz daha kolaylaştırmak için içme suyunu mümkün olduğu kadar yakın bir yerde ulaşılabilir hale getirmekten ibaretti. Gençler arasında sürekli yeni bir şeyler yapmaya çalışan bir bilim grubu vardı. Bu grubun üyeleri çok zekiydi ve yeni, kullanışlı ve ilginç bir şey yaratmaya çalışıyorlardı. O zamanın teknolojik gelişmelerini öğreniyorlardı. Bu grubun lideri Veeru, maymun Manu'nun en büyük oğluydu. Onuncu sınıfta okudu. Düzenli çalışmalarının ardından kalan zamanı tamamen araştırma çalışmalarına adadı. Amacına ulaşmak için laboratuvar faresi olmuştu. Veeru birkaç deney gerçekleştirdi. Su sıkıntısı sorununa bir an önce çözüm bulmak istiyordu. Böylece içme suyu herkes için erişilebilir olacak.

Sonunda Veeru ve ekibinin sıkı çalışması meyvesini verdi ve bir çözüm buldular.

Çözüm ise el pompası anlamına gelen "Chapakal"dı. Bu durumda çok uzun bir boru toprağın derinliklerine gömülür. Daha sonra bir piston, bir valf ve bir kol kullanarak. Su toprağın derinliklerinden yüzeye çıkarılır. Kanjakvan'ın cesur gençleri bu teknolojiyi icat ederek "Chapakal" yapımında uyguladılar. Bir "Chapakal" kurmuşlardı ve işe yaradı. Yerden su çıkmaya başladı. Su çok temizdi ve tadı güzeldi. Kanjakvan'ın gençleri mucizeyi gösterdi. Onların sıkı çalışmaları sayesinde hayalleri gerçek oldu. Çevredeki bölgede nispeten az bir çabayla temiz suya ulaşılabilir hale geldi.

Tüm Kanjakvan'ı bir sevinç dalgası kapladı. Bütün hayvanlar mutluluktan uçuyordu. Hayatlarındaki zorluklar bir nebze olsun hafifledi. Artık çocuklar susuzluk çekmeyecek, kadınlar da uzak ormanlardan su getirmek zorunda kalmayacak. Kanjakvan ormanına bir neşe taşması yayıldı.

Bir gün Kanjakvan sakinlerinin yaşlılar konseyi toplantı çağrısında bulundu. Bu toplantının amacı, benzeri görülmemiş bir özveri ve sıkı çalışmayla ormandaki su mevcudiyeti üzerinde çalışan genç bilim adamlarından oluşan ekibi onurlandırmaktı. Bu çaba gerçekten takdir edilmeyi hak ediyordu. Kişisel konforlarından fedakarlık ederek herkese yeni bir hayat sundular. Büyük bir kutlama olacak ödül töreni için yapılan toplantıda, uğurlu bir gün kararlaştırıldı.

Büyük banyan ağacının altında büyük bir sahne güzelce dekore edilmişti. Programı yönetme sorumluluğu, elinde mikrofonla görevi üstlenen fil Appu'ya verildi. Etkinlikte tüm Kanjakvanlılar hazır bulunarak sandalyelerdeki yerlerini aldılar. Genç bilimsel ekibin temsilcisi Veeru çalışmaya öncülük etti. Ödülü almak için Veeru'nun adı söylendiğinde tüm seyirci onu alkışlarla karşıladı. Fil Appu onu sırtına alıyor ve sahnede dolaşıyor. Alkış sesi tüm ormanda yankılandı. Etkinlik, kültürel programlar ve prasad dağıtımıyla başarıyla sona erdi. Maymun Manu'nun gözlerinde sevinç gözyaşları doluyor ve yüzü muzaffer bir gülümsemeyle parlıyor. Sonuçta Veeru onun oğluydu ve bugün onurlandırılmıştı. Bugün Veeru'yu çocukluğunda azarladığı ve çalışmaları sırasında onunla dalga geçtiği için pişmanlık duyuyor. Veeru elinde madalyayla kürsüden indiğinde doğrudan babasının yanına gitti ve ayaklarına dokunmak için eğildi. Ancak maymun Manu bu fırsatı kaçırmadı. Oğlunu kucağına almak için ilerledi. Yaptığı yeni buluş gururunu artırdı.

El pompası dolumu

Suya erişim sayesinde Kanjakvanlıların hayatı biraz daha kolaylaştı. Artık her kova suyu komşuları Champakvan'dan getirmeleri gerekmiyor. Bütün orman sakinleri Manu Veeru'yu övdü ve yıllarca mutlu yaşadılar. Veeru on ikinci sınıftaki sınavlarını mükemmel notlarla geçmişti.

Bir gün Kanjakvan halkı bir araya toplandı. Toplantının ana gündem maddesi olan çocuklarını, mükemmel sınav sonuçlarından dolayı tebrik ettiler. Ertesi Pazar günü Kanjakvan'da tüm hayvanların ve ailelerinin bir araya geleceği büyük bir parti düzenlenmesine oybirliğiyle karar verildi. Partide çocuklarının gelecekteki eğitim planlarını tartışmayı planladılar.

Pazar günü en büyük banyan ağacının yakınına sandalyeler kuruldu. Biraz ileride yiyecek masaları ve su düzenlemeleri vardı. Aniden herkes zürafa Chimpu'nun bir şey söylemeye çalışırken uzun boynunu salladığını fark eder. Ancak kimse onun ne söylemeye çalıştığını anlayamadı. Parti henüz başlamadı. Yemekler yakındaki parkta hazırlandı. Yemeklerin aroması misafirin acıkmasını hızlandırır. Herkes acıkmıştı ve lezzetli yemeği sabırsızlıkla bekliyordu. Gözleri, çok geçmeden çeşit çeşit yemeklerle dolacak olan masalara çevrildi. Beklerken birkaç kişi ileri geri yürüyordu. Bazıları sabırla sandalyelerde oturuyordu. Çocuklar DJ'in sesiyle dans etti

Zürafa Chimpu defalarca bir şeyler söylemeye çalıştı. Gürültüden dolayı kimse onunla ilgilenmedi. Üstelik Chimpu net bir şekilde konuşamıyordu. Bir süre sonra fil Appu onu fark etti, sevgiyle ona seslendi ve sordu: "Chimpu, seni rahatsız eden ne? Uzun zamandır bir şeyler söylemeye çalışıyordun. Söylesene, sorun ne?"

"Appu Büyükbaba! Bakın, el pompası çalışmıyor mu? Bu sorun yaratacaktır. Bu, partinin tüm eğlencesini mahvetmez mi?" Chimpu nefes nefeseyken endişesini dile getirmeyi başardı.

Appu Elephant şunu söyleyerek ona güvence veriyor: "Chimpu, canım! Merak etme. Neyse bu soruna bir çözüm bulacağız. Benimle gel."

Zürafa Chimpu ve fil Appu el pompasına doğru yürüdüler. Oraya vardıklarında Manu Monkey'in oğlu Veeru ile birlikte orada durduğunu gördüler. Veeru el pompasını çalıştırıyordu ve Manu su içiyordu.

Bunu gören Chimpu'nun gözleri şaşkınlıkla açıldı. Appu ona sorgulayıcı bir şekilde baktığında Chimpu kekeliyor ve şöyle diyor: "Hayır, hayır, doğruyu söylüyorum. Daha önce el pompasını açtığımda suyum yoktu. Bu yüzden seni bilgilendirmeye geldim."

 Veeru onu teselli ediyor: "Chimpu, haklısın. El pompasının birkaç dakika önce su sağlamadığı doğrudur. Cihazı açtığımda bile su hemen akmadı. Ama el pompası dolum kuponunu nerede bulacağımı biliyordum. Bir bardak veya bardak yardımıyla hortumun içine bir miktar su dökülerek ve kolun sürekli çalıştırılmasıyla hortum yeniden şarj edilir. Daha sonra tekrar su vermeye başlıyor. Ben de aynısını yaptım ve şimdi işe yaradığını görebilirsiniz. Gelecekte aynı sorunla karşılaşırsanız endişelenmelisiniz. Sadece aynı numarayı uygulayın ve bir bardak suyla doldurun.

Bütün hayvanlar Veeru'nun aklı başında olmasından çok memnundu. Şempu alkışladı ve gülmeye başladı. Artık hepsi partinin tadını çıkarıyordu.

Şampiyonluk Günü

Sheetal ve Sunny kardeşlerdi. İkisi arasında sekiz yaş fark vardı. Sheetal, ebeveynleri arasındaki en büyük çocuktu ve Sunny, Sheetal'den sekiz yıl sonra aileye katıldı. Bu hikaye Sunny üç yaşındayken ve Sheetal on bir yaşındayken başladı. Sheetal kardeşini çok seviyordu. Ayrıca ebeveynlerinin talimatlarına uyarak onunla ilgilendi. Sunny yetişkin bir çocuk olmadığından sevdiği oyunların hepsini oynayamadı. Kendine has oyunları vardı. Bu yüzden Sheetal'in onunla oynayacak başka bir oyun arkadaşına ihtiyacı vardı.

Babası Venkatesh sorununa bir çözüm buldu. Kızıyla arkadaş olarak ona arkadaşlık etti. Ona ödevlerini yaptırıyor, yürüyüşe çıkarıyor ve onunla oynuyor. Sheetal okulda arkadaşlarıyla oynuyordu ve mahalledeki arkadaşlarının arkadaşlığından keyif alıyordu. Ancak en çok keyif aldığı şey babasıyla oynamaktır.

 Pazar günleri Sheetal ve babası satranç oynuyordu. Sheetal'in annesi Radhika ev işleri veya ofis işleriyle meşgul olmaya devam etti. Ne zaman boş vakti olsa oğluyla ilgilenmek ve ona yeni şeyler öğretmek zorundaydı.

Babam satranç oynamayı severdi. Kızını altı yaşındayken oyun konusunda eğitmeye başladı. Çocuklar genellikle hızlı zekalıdır. Yeni şeyleri yetişkinlere göre daha hızlı öğrenirler. Sheetal da satranç tahtasını piyonlarla süslemeyi ve doğru hamlelerde ustalaşmayı kısa sürede öğrendi. Venkatesh, kızının büyük Vishwanathan Anand gibi bir satranç şampiyonu olmasının hayalini kuruyordu. Çok meşgul olmasına rağmen kızını eğitmek için satranç dersini hiç kaçırmazdı.

Baba ve kız satranç tahtasının diğer tarafına oturduklarında sanki oynayacaklarmış gibi görünüyordu. Bunun yerine kendilerini her takımın kazanmaya kararlı olduğu bir savaş alanında buldular. Babam bazen Sheetal'in atını, bazen de piyonlarını ele geçirdi. Bazen "Bak Sheetal, kraliçen gitti" diyerek onu uyarıyordu. Sonra Sheetal ağlamaya başladı: "Baba!"

Bir süre sonra babam şöyle derdi: "Sheetal, şahın kontrolde. Ve sonra şah mat." Sonra sinirlendi. Öfkesini satranç tahtasının tamamını ters çevirerek gösterdi.

"Artık seninle oynamayacağım. Oyunda beni aldatıyorsun. Artık seninle konuşmayacağım."

Aslında Sheetal'in yenilgiye karşı güçlü bir nefreti vardı. İster ders çalışsın ister oyun olsun, o yalnızca kendi adına zaferler istiyordu. Ancak satranç oyununda henüz pek iyi değil ve çoğu zaman kazanmakta zorluk çekiyor. Babam mükemmel bir satranç oyuncusuydu. Sheetal'in onunla satranç oynayacak başka arkadaşı yoktu. Sık sık babasına karşı kaybediyordu. Annem meşguldü, Sunny ise çok gençti ve babasıyla oynamak zorundaydı.

Bir pazar günü baba şöyle dedi: "Sheetal, gel. Hadi oynayalım. Satranç tahtasını ve parçalarını getirin."

Sheetal hiç ilgilenmedi. Reddediyor: "Hayır baba. Oynayacak havamda değilim."

"Ah ! Canım, ne oldu? Hadi, hadi. Acele etmek. Çok eğleneceksiniz," diye ısrar etti.

"Hayır baba. Yapmam gereken bir sürü ödevim var."

"Hadi canım. Bugün izin günü. Ödevini daha sonra yapabilirsin."

Sorunun evden çalışmanın olmadığı ortaya çıktı. Sorun aynı. Her zaman kazanmayı seven bir kız, babasıyla oyunu kazanma konusunda henüz bu kadar uzman olmamıştı. Kaybetmekten hoşlanmazdı ve babası onunla oynadığında kazanmasına izin vermezdi. Peder Venktesh oynamakta ısrar edince şöyle dedi: "Seninle oynamak istemiyorum çünkü bu sefer bir daha kazanamayacağımı biliyorum." Bunu söylerken yüzünü çevirdi.

"Ah ! Güzel çocuğum, sakın sinirlenme." Baba kızını memnun etmeye çalışıyordu. Bazen çocuklar üzüldüğünde çok tatlı görünürler, Sheetal gibi. Babası onu neşelendirmek ve oynamaya hazır hale getirmek için çok çaba sarf etmek zorunda kaldı.

"Sen benim cesur kızımsın. Oynamadan önce asla pes etmeyin, çünkü oyunu oynamak zafere giden ilk adımdır."
Bu fikir aklına geldi ve oynamaya hazırlandı.

Buna sportmenlik denir. İster oyun ister hayat olsun, rolünüze odaklanmanız, hazırlanmanız ve elinizden gelenin en iyisini yapmanız gerekiyor. Sonuçtan asla korkmayın.

Sonra mırıldanmaya başladı: "Ben de kaybetmekten korkuyorum."

Bunu duyan Sheetal'in yüzünde bir gülümseme belirdi. Artık sonuç hakkında endişelenmiyor. Daha sonra oyun başladı.

"Küçükken büyükbabanla oynardım. Kaybettiğimde ben de senin gibi ağladım. İşte o zaman büyükbaban bana şöyle dedi: "Dinle Venkatesh! Öğretmenini yenmeyi düşün. Hatalarınızdan ders alın ve zafere hazırlanın. Bir gün şampiyon olacaksın," diye devam ediyor Venkatesh oynarken.

Sonra mutfağa dönerek karısına seslendi: "Dinle Radhika! Seyircimiz nerede? Oyuncuların ellerinden gelenin en iyisini yapmalarına olanak tanıyan mutlu bir ortam yaratmalarına ihtiyacımız var. Gel bizimle otur. Artık maç başlayacak.

Yakında iki dev satranç oynuyor. Sheetal ve babası oyunculardı. Annesi ve kardeşi de oradaydı. Zaman zaman oyuncuları cesaretlendirmeye devam ettiler.

Sheetal çok mutlu oldu ve şöyle dedi: "Gel baba. Bu sefer seni yeneceğim."

Babam satranç tahtasını kurdu ve parçalarını üzerine dağıttı. "Söyle bana, siyah mı yoksa beyaz mı oynayacaksın?" diye sordu.

"Beyaz".

Venkatesh ve Sheetal satranç taşlarını tahtaya yerleştirdiler.

Bütün parçaları sırayla yerleştirdiler. Birinci kareye kaleyi, ikinci kareye atı, üçüncü kareye fili, dördüncü kareye veziri, beşinci kareye şahı, altıncı kareye deveyi, yedinci kareye atı ve yedinci kareye atı koyarlar. sekizincideki kule". Babam tüm parçaları kendi tarafına, Sheetal'i de onun tarafına yerleştirdi. Bütün parçalarını kendi tarafında tek sıra halinde dizmişti. Babası daha sonra diğer odaları toplamasına yardım etti. Oyun başlar ve ele geçirilen parçaların sayısı savaş alanında hızla artar.

Babamın dikkati sürekli olarak Sheetal'in yüzündeki duygulara odaklanmıştı.

Oyun oldukça ilgi çekiciydi. Sheetal, babasının maçı kaybedeceğini anlayınca yüksek sesle alkışladı. "Anne bu sefer ben kazanacağım" diye bağırdı.

Sonra annem Sheetal'in sırtını okşadı ve babam ağlıyormuş gibi yaptı.

Sunny ve annesi, oyuncuları sürekli alkışlayarak moral vermeye devam etti. O anda babam Sheetal'in gerginleştiğini hissetti. Bunun üzerine baba bilinçli olarak kaybetmeye başladı ve bu kez bilinçli çaba göstererek kızının kazanmasına izin verdi. Sheetal satrançtaki ilk zaferinden dolayı çok mutluydu.

Annem, "Hadi, acele et, çabuk oyunu topla ve öğle yemeği için yemek masasına git" dedi.

Daha sonra herkes öğle yemeği için masaya geçti.

Sheetal bu şekilde oynayarak ve eğlenerek on bir yaşına girdi. Venkatesh'in sıkı çalışması meyvesini verdi. Son beş yılda satranç oyununda çok başarılı oldu. Bulunduğu il ve ilçede düzenlenen birçok turnuvaya katılarak çok sayıda zafer elde etti.

Bugün bile Sheetal'in altın madalya kazandığı bir satranç turnuvası vardı. Törene tüm aile bireyleri katıldı ve madalyayla evlerine döndüler. Venkatesh bugün kendini özellikle şanslı hissetti. Eşi Radhika'ya şöyle dedi: "Çatal'ımızın doğduğu ve kız çocuğu doğurduğun için annemin seninle dalga geçtiği günü hatırlıyor musun? O gün, onu aile ismine şeref kazandıracak kadar yetenekli kılmaya karar verdim. Bugün annem hayatta olsaydı sevgili torunumuzla gurur duyardı."

Radhika başını salladı. Şimdi başını kaldırıp gökyüzüne baktı ve hayatlarında iyi olan her şey için gök tanrılarına teşekkür etti.

Bholu'nun renkli gökkuşağı

Serseri Bholu

Bir zamanlar Bholu adında bir çocuk varmış. On yaşında çok tatlı, yakışıklı, tombul bir çocuktu. Bholu biraz yaramaz ve yaramazdı ama aynı zamanda zekiydi. Bholu'nun ebeveynleri ve tüm aile üyeleri onu çok seviyordu.

Bholu okula gitmeyi hiç sevmiyordu. Ancak ailesi onun okul günlerinde evde kalmasına izin vermedi. Eğitimin önemi kendisine söylenmesine rağmen o da okumak istiyordu. Ancak uzun süre derslerine konsantre olamadı. Öğretmenleri sınıfta ne öğretirse öğretsin başaramadı.

çok şey öğren.

Bir an öğretmene baktı, sonra başını eğdi ve sessizce oturdu. Olmaktan korkmamak için

Sorulduğunda sık sık başka yöne bakmaya çalıştı.

Bir gün Bholu okula gitti. Fen bilgisi öğretmeni sınıfa şunu duyurdu: "Çocuklar, yarın sınıfta bir test yapacağım. Hepinizin bu bölümü dikkatlice okumanız ve kendinizi hazırlamanız gerekiyor." Bütün çocuklar başını salladı. Bholu eve döndüğünde oynamaya başladı. Sınava hazırlanması gerektiğini unuttu. Maç bittikten sonra eğlendi, televizyon izledi ve uykuya daldı. Sabah okula gitmek için hazırlanırken aklına sınav geldi.

"Ah ! Yaar Bholu! Orada ne yapacaksın? Hiç ders çalışmadın mı?" Kendi kendine konuşuyordu.

"Bir çözüm bulmam lazım. Aksi takdirde bu benim için büyük bir sorun olur."

Bholu o gün okuldan bir gün izin almayı düşündü. Sınava çalışmadığı için kınama kaçınılmazdı. İşte o zaman aklına fikir geldi. Bu fikrini test etmeye karar verdi.

"Anne, anne" diye bağırdı Bholu.

Annesi ona doğru koşuyor.

"Nedir? Okula hazırlanmıyor musun? Okul otobüsün yakında gelecek, diye soruyor annesi ona.

"Hayır anne. Okula gidemiyorum.

"Ne için ? Ne oldu?

"Anne karnım çok ağrıyor."

Bunu duyan annesi endişelenmeye başladı. Bu haldeyken onu okula gönderemezdi. Ondan bir izin dilekçesi yazmasını ve bunu arkadaşına vermesini istedi. Bholu'nun hilesi işe yaradı. Çok mutluydu. Annesinin istediğini yaptı ve günü nasıl geçireceğini planlamaya başladı. "Şimdi evde eğleneceğim." Bholu düşündü.

Annesi yanındayken hasta numarası yaptı ama bunu uzun süre yapamadı.

Öğleden sonra acıktı. Kendi kendine annesinin ona lezzetli bir yemek getireceğini söylüyor. Fakat görevinde başarılı olamadı. Annesi onu azarlıyor.

"Oğlum hasta olunca hiçbir şey yiyemezsin. Midenizin de dinlenmeye ihtiyacı var. Bugün sadece bir oral rehidrasyon solüsyonu (ORS) alın. Ayrıca bu ilacı alın ve dinlenin. Yemek istediğiniz lezzetli yemekler ne olursa olsun, başka bir gün bunların tadını çıkarabilirsiniz. Acil şifalar dilerim."

Bholu bunu duyduktan sonra ağlamaya başladı. Bir örümcek gibi kendine bir ağ ördüğünü ve içinde sıkışıp kaldığını hissetti. Gelecekte bir daha yalan söylemeyeceğine ve bir daha işten kaçmayacağına gizlice yemin etti. O andan itibaren Bholu çalışmalarında daha samimi hale geldi.

Bholu'nun sorunları

Bir gün sosyal bilgiler dersinde öğretmen konuyu anlatıyor. Bittiğinde teknisyen ile çocuklar arasında sohbet başladı. Çocuklara hayallerinin ne olduğunu sormaya başladı. Bholu'nun bir fikri vardı. Öğretmene karşılık olarak ne söyleyeceği konusunda endişeliydi. O sırada zil çaldı ve okul bitti. Bütün çocuklar eve döndü. Bholu okul otobüsüne bindi. Koltuğuna oturduktan sonra endişelenmeye başladı. Yetişkin olduğunda ne olacağını bilmiyordu. Bholu otobüsten indiğinde evine en yakın durağa ulaştı. Evine doğru yürümeye başladı. Yol kenarında oturan bir dilenci gördü. Bholu korktu. Daha sonra sadaka isteyen dilenci yerine kendisinin paçavralar giymiş olduğunu hayal eder. Ancak hızla iyileşti. Saygın bir yaşam sürdürebilmek için bir şekilde okuyup saygın bir işe girmeye karar verdi. En azından dilenci olmaya hazır değil. Bholu eve geldi, üstünü değiştirdi ve başka hiçbir şey yapmadan yattı.

Bholu muayene odasında başını kaşıyarak oturdu. Elinde bir anket ve masasının üzerinde bir cevap kağıdı vardı. Anketteki soruları okumasına rağmen hiçbirine cevap verememiş. Ne yapması gerektiğini merak ederek cevap kağıdının sayfalarını karıştırmaya başladı. Biraz düşündükten sonra başını çevirerek etrafındaki çocukları görmeye başlar. Birine sormayı düşündü ama şans burada da ona ihanet etti. Hiçbir çocuk bakmadı ama öğretmen açıkça gördü. Bholu daha sonra çok korkar. Profesörden yardım istemeye karar verdi. Cesaretini toplayarak sandalyesinden kalkar ve profesöre seslenir.

Öğretmene, "Efendim, efendim, bu sorunun manasını bize açıklayın" dedi.

"İnceleme sürüyor. Bu bir zevk mi? Kendin yap. Soruları dikkatlice okuyun, anlayın ve cevapları kağıda kendiniz yazın. Profesör sert bir şekilde cevap verdi.

Bholu bir süre oturdu ve aynı isteği tekrarlayarak öğretmene tekrar yaklaştı. Birçok kez reddedilmesine rağmen Bholu ısrar edince öğretmen onu yüksek sesle azarladı ve hatta yanağına tokat bile attı. Bholu yüksek sesle bağırdı. Tekrar doğrulmaya çalışırken büyük bir gürültüyle yere düşüyor. Muayene odasındaki diğer çocuklar bu manzara karşısında kahkahalara boğuldular.

"Bholu, Bholu, ne oldu? Bholu bir ses duydu. Gözlerini açtığında yanında kimseyi bulamadı.

Bholu sesi tekrar duyduğunda gözlerini açmak için çaba gösterdi ve annesinin önünde durduğunu gördü. Ayağa kalkmaya çalışıyordu. Daha sonra rüya gördüğünü anlar.

"Oğlum sen aç değil misin? Kalkın, ellerinizi ve yüzünüzü yıkayın." diye ekledi.

Bholu rüyayı, sınav salonunu ve soru kağıdını hatırlıyor.

"Aman Tanrım! Korkunç bir rüyaydı. Bunun gerçek olduğunu düşündüm." diye düşündü Bholu.

O zamandan beri Bholu çalışmalarını ciddiye aldı ve onlara düzenli olarak katıldı.

Ulusal kuş tavus kuşu

Bir gün Bholu evinin avlusunda oynuyordu. Aniden yüzünde birkaç damla su hissetti.

"Ah ne? Yağmur başladı mı?" diye düşündü. Bholu çok mutluydu. Yavaş yavaş yağmur damlaları ağırlaştı ve ardından sağanak sağanak yağış başladı. Bholu'nun annesi bunu görür görmez bağırdı: "Bholu, odaya gel. Aksi takdirde yağmur suyu kıyafetlerinizi ıslatacaktır. Soğuktan dolayı acı çekebilirsiniz." Oğlunu içeri çağırmak için bahçeye geldi. Bholu'nun sağanak yağmurda dans ettiğini görüyor.

"Gel Bholu. Banyo yapmayı bırak. Bir havlu alın ve kendinizi kurulayın. Bakın kıyafetleriniz tamamen su ile ıslanmış. Git üstünü değiştir," diye emir veriyor.

"Hayır anne! Şimdi gelmiyorum. Yağmurda yüzmeyi severim. Lütfen burada biraz daha kalmama izin verin. Lütfen, lütfen, lütfen güzel annem." Bholu yalvardı.

"Bir duş al ve içeri gir. Zaten banyo yapmıştın ve sabah. Artık o oğul gibi davranmamalısın."

"Anne lütfen." Bholu tekrar annesine sordu.

Anne kızgın çünkü Bholu onu dinlemiyor. Halen sağanak yağışın tadını çıkarıyor. Çoğu zaman bu durum evlerimizde, ikisi (ebeveyn ve çocuk) arasında farklılıklar ortaya çıktığında meydana gelir. Ebeveynler çocuklarının zaten acı çekmemesini önemserler ve çocuklar hayattan kendi tarzlarında keyif almak isterler.

Bholu tereddüt eder ama annesinin emirlerine çok uzun süre karşı gelemez. Eve geldi, kurulandı ve yeni kıyafetlerini giydi. Annesi daha sonra ona sıcak süt dolu bir bardak getirir. Bholu sütü içti ve kendini rahat hissetti.

Bholu'nun babası da odada oturuyordu. Bholu onun yanına oturdu. Dışarıya bakmaya başladı. Aniden burunlarına güçlü bir kızarmış pakora kokusu geliyor. Bholu'nun dikkati annesinin sıcak pakora hazırladığı mutfağa yönelir.

Bholu mutfağa gider. Pakora yemeyi severdi. Annesi onu gördü ve sordu: "Bholu, pakora yemek ister misin?"

Bholu yanıt vermedi. Başını eğerek orada durdu.

"Bholu, annen sana bir şey sordu. Cevap verdin mi?"

"Evet anne. Biraz alacağım. Bholu yanıtladı.

"Ne düşünüyorsun oğlum? Her şey yolunda mı? Sanki bir şey seni rahatsız ediyormuş gibi geliyor. "

"Evet anne. Haklısın. Bir şey diliyorum. Dileğimi gerçekleştirecek misin? Dans eden tavus kuşunun çok güzel olduğunu fotoğraflarda duymuş ve görmüştüm. Gerçekte bir tavus kuşunun dans ettiğini görmek istiyorum." diye soruyor Bholu.

Bu sırada annesi pakoraları hazırlayıp gaz sobasını kapattı. Daha sonra pakoraları ve sosu bir tabağa yerleştirmeye başladı.

"Bholu, tavus kuşlarının dans ederken çok güzel oldukları doğru. Aynı zamanda milli kuşumuzdur. Ayrıca onların dans etmesini izlemeyi de seviyorum çünkü o zaman çok mutlu görünüyorlar." Bholu'ya küçük tabaklar verdi ve şöyle dedi: "Bu tabakları al ve oraya git. Çay ve atıştırmalık getireceğim. Bunu çaydan sonra konuşuruz."

Bholu babasının oturduğu odaya doğru yürüyor. Annesi onu atıştırmalıklar ve çayla takip etti. Lezzetli bir atıştırmalıktı. Hepsi bundan keyif aldılar.

Sonunda Bholu şöyle dedi: "Baba, söyleyecek bir şeyim var. Lütfen beni dinle."

"Evet, söyle bana oğlum. Ne istiyorsun?" diye sorar babası.

"Baba, hiç tavus kuşlarının dans ettiğini gördün mü? Bununla ilgili birçok kitap okudum ve televizyondaki kitaplarda da resimler gördüm. Ama gerçekte onu hiç görmedim. Gerçek bir tavus kuşu dansı görmek istiyorum baba, lütfen." Bholu yalvardı.

"Bholu, bu büyük bir soru değil. Hayvanat bahçesini ziyaret edip sadece tavus kuşlarını değil, birçok kuş ve hayvanı da görebiliyoruz." Babasının önerdiği de buydu.

"Gerçekten mi baba? Hayvanat bahçesinde dans eden bir tavus kuşunu görebiliyor musun? Onun dansını kendi gözlerimle görmek istiyorum." Bholu ısrar ediyor.

"Evet Bholu. Haklısın. Tavus kuşunun dans ettiğini görmek herkes için bir zevktir. Dans etmenin keyfi güzelliğine katıyor. Ancak nadiren görülebilir. Dans eden tavus kuşunu nerede bulabilirim? Biraz düşüneyim." Devam etti.

Hayvanat bahçesinde dileğinizin gerçekleşmesi zor görünüyor. Tavus kuşu gibi kalabalık varken asla dans etmeyin. Ormanda bir tane bulabilirsin. Muhtemelen "Ormanda dans eden tavus kuşunu kim gördü?" atasözünü duymuşsunuzdur. Bu atasözünün var olmasının nedeni tavus kuşunun yalnızlık içinde dans etmesidir. Yakın bir yerde saklanırken izleyebilirsiniz. Yakınlarda birinin olduğunu hissettiğinde genellikle uçup gider." Babası açıklıyor.

"Gerçekten mi baba? Bu doğru mu?" Bunu söyleyen Bholu sessiz kaldı. Kendini üzgün hissetti. Boş boş boşluğa bakmaya başladı. Tavus kuşunun dansını görme arzusunun gerçekleştiğini görme umudunu yitirecekti.

Annesi Bholu'nun ruh halini anlıyor. "Bholu, bu çok zor bir iş. Tavus kuşlarının şu ana kadar sadece üç ya da dört kez dans ettiğini gördüm.

Gerçekten tavus kuşları nadiren görünür ve dans eden bir tavus kuşu bulmak için en az şansımız var... ".

Bholu'nun umut düzeyi yeniden yükselmeye başladı.

"Gerçekten mi anne? Nasıl ve nerede? Söyle bana!" diye soruyor Bholu sabırsızca.

"Durun, size her şeyi anlatacağım. Otobüsle seyahat ederken ve bir ormandan geçerken bazen tavus kuşlarının yolda dans ettiğini görüyoruz." Annesi açıklıyor.

"Elbette !" dedi Bholu. Kendini ikna etmeye izin verdi. Dileğinin gerçekleşmesi için hala bir şans olduğunu bilmek onu mutlu etti.

Tanrı Bholu'ya karşı çok nazikti. Çok beklemesine gerek yoktu. Bir gün Bholu seyahat etme fırsatını yakaladı. Büyükanne ve büyükbabasının köyünü ziyaret etmek için ailesiyle birlikte otobüsle seyahat ediyordu. Otobüs bir ormanın yanından geçiyor. Gökyüzü bulutlu. Bholu sabah dileğini yerine getirmek için sessizce Tanrı'ya dua etmişti.

Bholu her zamanki gibi pencere kenarında oturuyordu. Dışarıdaki manzaranın tadını çıkarıyor. Aniden sevinçle haykırıyor. Az önce pencerenin önünde dans eden bir tavus kuşu gördü. Gözlerine inanamadı.

"Ne oldu oğlum?"

"Anne ! Baba ! Az önce güzel bir tavus kuşu gördüm! O oradaydı! Bholu tavus kuşunun olduğu yönü işaret etti. Ancak otobüs ileri doğru hareket ettiği için onu göremediler. Daha sonra yolculuğu boyunca pek çok tavus kuşunun orada burada dolaştığını görmekten keyif aldı.

Bholu çok sevindi. Uzun zamandır içinde barındırdığı arzu nihayet gerçek olmuştu. Dualarını dinlediği ve olumlu yanıt verdiği için Tanrı'ya şükretti.

Kötü bir işçi aletleriyle tartışıyor

Bir gün Bholu okula gitti. Sınıfında oturuyordu. Hintçe dersi devam ediyor. Öğretmen öğretiyordu. Şöyle dedi: "Çocuklar, bugün size deyimler öğreteceğim."

Bütün çocuklar biraz daha dikkatli olurlar. Bu onlar için yeni bir konuydu. Bazı deyimler Bholu'ya anlamlı gelirken bazıları anlamsızdır. O şöyle dedi: "Tamam. Bugün evde deyimler öğreneceğim. Annemden bu konuda bana yardım etmesini isteyeceğim."

Dönüş yolunda Bholu deyimler üzerinde düşünmeye devam etti. Eve vardığında annesini başında şiddetli bir ağrı hissederken yatakta yatarken buldu.

Endişelenen Bholu ona şunu sorar: "Anne, hiç ilaç aldın mı?" Onun 'hayır' cevabını duyan Bholu, annesine ilaç ve su getirdi. İlacı alıp tekrar yatağına döndü. Daha sonra Bholu yiyecek bir şeyler bulmak için mutfağa gitti. Annesi onu çağırır ve ekmek, tereyağı, salatalık, domates ve sosla sandviç yapmasını ister. Bholu sandviçi yapmaya başlar.

"Bholu mutfağa geldiğinde yaklaşık yarım saat geçmişti." Bu gecikmeyi merak eden annesi, onun şu ana kadar orada ne yaptığını merak etti. Sandviç yapmak çok mu uzun sürüyor?" Kalkıp mutfağa gidiyor ve ne olduğuna bakıyor. Daha sonra baş ağrısının biraz hafiflediğini hissetti.

Bholu'nun salatalığı kesmeye çalıştığını görünce şaşırır. Ondan bıçağı ve salatalığı istedi ve şöyle dedi: "Onları buraya getir Bholu. Senin için hemen salatalığı keseceğim.
Bholu şöyle yanıtlıyor: "Anne, bu bıçak çok kör. Uzun zamandır salatalığı kesmeye çalışıyorum ama yapamıyorum."
Annem tek bir kelime bile söylemeden aynı bıçakla salatalığı hızla kesti. Bholu utanıyor ve mırıldanmaya başlıyor. Annesi ona şöyle dedi: "Kötü bir işçi olan Bholu, aletleriyle tartışıyor. Salatalığı kesemediğiniz için suçu bıçağa yüklediniz. Bak, bıçak mükemmel çalışıyor." Bunu söylerken meraklı gözlerle Bholu'ya bakıyor. Bholu yan tarafa bakmaya başladı. Gizlice mutludur, sevincini içinde tutamaz ve dans etmeye başlar. Kendi kendine şöyle dedi: "Ben tam da annemden deyimler öğrenmeyi düşünüyordum ki sohbetimiz sırasında annem bana bunlardan birini açıkladı. Artık benim için açık. Onunla bu konuyu konuşmadım bile. Bunu kendisi de biliyordu. . Vay ! Annem bir dahidir. Öğretmenim de sınıfta aynı deyimi öğretmişti."

Annesi hemen Bholu için bir sandviç hazırladı ve servis etti. Bunu yemekten keyif alıyordu. Bu arada ona milkshake yaptı. Milkshake'in tamamını büyük yudumlarla mideye indirdi. Daha sonra mutfaktan çıkıp odaya girdiler. Bholu daha sonra annesinin birkaç dakika önce baş ağrısı çektiğini hatırlıyor.

"Anne, şimdi nasıl hissediyorsun?" diye sordu.

"Eskisinden daha iyi" diye yanıtladı. Boş bardağı Bholu'ya uzatıyor ve "Lütfen Bholu, git ve onu mutfağa sakla" diyor.

Bholu elini uzatıyor ama dikkati başka yerde; cam yere düşüp parçalanıyor. Bholu şaşırır.

"Oğlum, bardağı neden doğru tutmadın?" anneye sorar.

Kendini suçlu hisseden Bholu, "Anne, ben tutamadan düşürdün" diye yanıtladı. Hatasını haklı çıkarmaya çalıştı.

Öfkeli görünen annesi ona baktı ve şöyle dedi: "Bholu, artık 'tencereye siyah der' sözü gerçek oluyor. Bardağı tutamadın ve düşürdüğümü söylüyorsun."

Bholu "gül saksısı" ifadesinin anlamını anlamaya çalışarak başını kaşımaya başladı. Annesi yataktan kalktı ve yerdeki kırık cam parçalarını topladı.

Bilimsel sergi

Bir zamanlar Bholu'nun okulunda bir bilim sergisi düzenlenecekti. Fen bilgisi öğretmeni sınıfa şunu duyurdu: "Öğrenciler, her biriniz bir fen modeli veya projesi oluşturmalısınız. Okul dört gün sonra bir bilim sergisi düzenleyecek. Hepinizin iki gün içinde bana göstermek üzere bir çalışma modeli veya projesi getirmeniz gerekiyor."

Bholu bunalmış hissetmeye başlar. Her zaman yüzleşmek istemediği yeni bir sorun olduğunu düşünüyordu. Yine de bununla yüzleşmek zorundaydı. Kendi kendine şöyle dedi: "Bu modelle ne yapacağımı, nasıl yapacağımı bilmiyorum?" Bir sınıf arkadaşından tavsiye istiyor ama diğer çocuğun bile kafası karışmış görünüyor. Bholu, tüm sınıfın tartışmakla meşgul olduğunu ve bazı öğrencilerin fikir alışverişinde bulunmak için öğretmenin etrafını sardığını fark eder. Okul gününün sonunda Bholu eve döndü. Doğrudan annesinin yanına gitti ve şöyle dedi: "Anne, anne, okulumuzda bir bilim fuarı olacak. Fen bilgisi öğretmenimizin bize söylediği buydu. Bana yardımcı olabilir misiniz ?"

"Elbette yapacağım. İlk önce bana ne yapmak istediğini söyle."

"Bilmiyorum. Bana çalışan bir model için bir fikir ver. Öğretmenim böyle söyledi."

"Elbette. Sana bir kitap vereceğim. Okuyun ve ne istediğinizi seçin." Annem bunu söyleyerek rafı açar ve bilim projeleriyle ilgili bir kitap çıkarır. Bholu buna sahip olduğu için çok mutluydu. Heyecanla okumaya başladı. Karar verildiğinde her zor işin kolaylaştığı doğrudur. Planlama, özveri, sıkı çalışma ve coşku gerekli araçlardır. Okumaya devam etti ama hiçbir şey mantıklı gelmiyordu. Okuduğu projeler çok zor görünüyordu. Hiçbirini başaramayacağını hissetti. Aniden Bholu'nun gözleri asansörün tam tanımını bulduğu bir sayfaya takılır. Bütün sorularına cevap buldu.

Bholu annesine gitti ve ona bir asansör modeli yapacağını söyledi. Bholu'nun mühendis olan annesi onun seçimini duyunca mutlu oldu. Modeli oluşturmak için gerekli tüm malzemeleri birlikte topladılar: büyük bir tahta kalas, çiviler, teller ve makaralar. Bholu ve annesi bu malzemeleri kullanarak bir asansör modeli oluşturdular. Bholu daha sonra bir zamanlar doğum günü hediyesi olarak bir dizi oyuncak bebek aldığını hatırlıyor.

"Neden onları asansörde inip çıkan yolculara dönüştürmüyoruz? Vay ! Ne harika bir fikir!"

Asansör modeli hazır olduğunda gerçekten işe yaradı. Asansörün nasıl çalıştığını gösterdi. Bholu çok mutluydu. Kendisine her zaman yardım eli uzatan annesine tüm kalbiyle teşekkür etti. Bholu, asansörünün nasıl çalıştığını açıklamak için ayrıntılı bir açıklama yazdı.

Bilim sergisi gerçekleştiğinde manzara şaşırtıcı ve benzersizdi. Bütün çocuklar çeşitli projeler/modeller getirdiler. Bir öğrenci hırsızları yakalamak için zil yaptı, bir diğeri ise volkanik patlamanın mekanizmasını gösterdi. Bunlardan biri çevre kirliliği konusunu ele alırken diğeri koyun klonu yaptı. Başka birçok proje daha oldu. Bholu ayrıca asansör modelini de fuarda en iyi şekilde sergiledi. Sırası geldiğinde kaldırma sisteminin nasıl çalıştığını detaylı bir şekilde anlattı.

Binalarda merdivenlere alternatif olarak kullanılan asansörün minyatür versiyonudur. Bütün öğretmenler ve müdür Bholu'nun zekasını ve yeteneğini övdü.

Bholu'nun renkli gökkuşağı

Bir gün Bholu öğleden sonra uyuyakaldı. Uyurken ne kadar zaman geçtiğine dair hiçbir fikri yoktu. Uyandığında güneş çoktan batmış ve akşam yaklaşmıştı. Uyanır uyanmaz evinin sebze bahçesine gider. Çok sayıda meyve ağacı, çiçek ve sebze bitkisi vardı. Bholu bahçede vakit geçirmeyi seviyordu. Ancak bu günde yeşillikler ve renkler her zamankinden biraz farklıydı. Bütün bitkiler Bholu'ya gülümsüyor gibi görünüyor. Bütün bitkilerin yaprakları parlak görünüyordu ve çiçekler mutlu bir şekilde çiçek açıyordu. Ayçiçeği yaprakları sanki onu karşılıyormuşçasına kuvvetlice sallanıyordu.

"Hey ! Bugün özel bir şey var mı dedi Bholu kendi kendine.

Aniden Bholu'nun gözleri görünürde hiçbir neden yokken gökyüzüne doğru çekilir.

"Anne ! Anne ! Yakında görüşürüz. Bak gökyüzünde gökkuşağı var. Anne, çabuk gel!" Bholu sevincini gizleyemedi. Hiç bu kadar güzel bir gökkuşağı görmemişti. Sevinci sesinden açıkça anlaşılıyordu. Evde Bholu'nun sesini duyan annesi onu aradı ve dışarı çıktı.

"Ne oldu Bholu?

"Anne ! Yukarıya bak, gökkuşağı." Bholu coşkuyla gökyüzünü işaret ediyor.

"Vay canına!" Annesi de sevinçle gökyüzüne bakıyor.

"Anne ! Çok güzel. Gökkuşağı neden her gün ortaya çıkmıyor?" Bholu masumca soruyor.

"Oğlum, yağmur dindikten sonra gökkuşağı belirli koşullar altında oluşur. Bu, gökyüzünde görülebildiği zamandır. Gel Bholu, burada oturup bu konuyu biraz daha konuşalım."
Bahçede bir banka oturdular. Annesi şöyle açıklıyor: "Beyaz ışık yedi renkten oluşur. Normal şartlarda beyaz gibi görünse de özel durumlarda yedi renge ayrılır. Belirli bir desende yedi renkten oluşan bir bant şeklinde gelir. Gerçekten çok güzel görünüyor ve adı gökkuşağı. Bu renk desenlerini fizik laboratuarınızda prizma kullanarak da gözlemleyebilirsiniz. Öğretmeniniz bu konuda size yardımcı olabilir.

"Anne, anlamıyorum. Gökyüzündeki hangi prizma ışığı yedi renge bölüyor?" diye soruyor Bholu çok masum bir şekilde.

"Bholu, bugün çok akıllıca bir soru sordun. Bakın, uzun süre şiddetli yağmur yağdığında atmosferde bir su tabakası oluşur. Yağmur durup güneş yeniden görülse bile bu tabaka bir süre daha yerinde kalır. Su damlacıklarından oluşan bu tabaka prizma görevi görür. Güneş ışığı içinden geçtiğinde kırılır ve belirli bir sırayla yedi renge bölünerek gökyüzünde güzel ve büyüleyici bir gökkuşağı oluşur.

Bholu, annesinin verdiği bilgiyi gerçekten büyüleyici buldu. Güneşli bir günde, elinde bir Reynolds kalemiyle bahçede oturup ödevini yaparken, daha önce gökyüzünde gördüğü gökkuşağına tıpatıp benzeyen, yedi renkten oluşan benzer bir desen gördü. Çok sevindi ve düşündü.

"Rüya mı görüyorum? Defterimin üzerindeki küçük bir gökkuşağı değil mi? Burada eğitim almayı mümkün kılan neydi?"

Daha sonra dikkati elinde tuttuğu Reynolds kalemine kaydı.

"Elbette. Şimdi anlıyorum. Bu Reynolds kaleminin şeffaf gövdesi bir prizma haline geldi. Geçen güneşin beyaz ışığının yedi renge ayrıldığı yer burasıdır. Bu yüzden kopyamda küçük bir gökkuşağı görebiliyorum. Evet, küçük bir gökkuşağı." Bholu'nun küçük gökkuşağı. Bunu düşünen Bholu kendini tutamadı. Bholu küçük rengarenk gökkuşağıyla oynamaya devam ediyor ve çok eğleniyor. Daha sonra annesine yeni bilimsel deneyini anlatmak için kaçtı.

Dondurma satıcısı

Yaz geldi. Bholu okul kapısının önünde her gün bir dondurma satıcısı duruyor. Bholu onu her gün görüyor. Bholu cebinden biraz para çıkarıp en sevdiği dondurmayı hemen satın almak istiyor. Ama cebinde asla parası olmaz. Bholu okulundaki pek çok çocuk her gün satıcıdan dondurma alıyor. Bholu bunların hepsini seviyor. Aynı zamanda dondurmaya da düşkündür. Her gün dondurma yediklerini görmek onda daha çok dondurma yeme isteği uyandırıyor.

Bir gün Bholu sınıf arkadaşlarının dondurma yediğini görünce gözyaşlarını tutamadı. Aniden Rachit'ten bile daha fakir olduğunu fark eder. Gerçekte durum böyle değil. Bholu'nun ebeveynlerinin çok parası var. Büyük bir evde yaşıyorlar ve zenginlerin sahip olduğu her şeye sahipler. Ancak Bholu bazen kendini fakir bir adam gibi hissediyor.

"Bholu'nun kendine ait parası yok. İyi bir amaç için anne ve babasından para isteyebilir. Ama dondurma alacak parası yok." Düşünmeye başlıyor. "Bu çocuklar istedikleri her şeyi satın almak ve yemek için parayı nasıl buluyorlar? Bu sorunun cevabını asla alamıyor.

Bir gün Bholu sınıf arkadaşlarından biri olan Shivansh ile konuşmaya çalıştı. Ona kendisini ilgilendiren şeyleri anlatır. Şivanş ona harçlık denilen kendi parası olduğunu söyledi. Bholu cep harçlığının anlamını bile bilmiyordu. Harçlık parasının, cepte tutulan para anlamına geldiğini düşünüyordu. Ancak Şivanş, babasından düzenli olarak para, yani cep harçlığı aldığını söylüyor. Bholu, Shivansh'ı biraz kıskanıyor.

O gün Bholu, Rachit'in dondurma yediğini görünce o da onu yemek istedi. Aniden Bholu'nun aklına bir fikir gelir ve gülümsemeye başlar. Ne olursa olsun, düzenli olarak okul kapısının önünde duran aynı satıcıdan gelen dondurmanın tadını çıkarmaya karar verdi.

Ertesi gün okuldan sonra Bholu gururla dondurmacıya gitti ve cebinden yirmi rupi çıkardı. Dondurmacının yanına giderek "Abi lütfen bana biraz dondurma ver" dedi.

"Hangi kokuyu istersiniz?" diye sorar dükkan sahibi Bholu'ya bakarak.

"Şu mango barı mı?" Bholu parmağını tezgahtaki bir resme işaret etti. Dondurmacı ona bir mango barı verdi. Bholu mutlu bir şekilde dondurmasının tadını çıkardı. Bholu daha sonra sessizce cebinden bir mendil çıkarıyor, ağzını ve ellerini siliyor ve rahatça okul otobüsüne biniyor.

Otobüste oturan Bholu, bir süre lezzetli dondurmanın tadını ve keyfini hissetti. Bir süre sonra sevinç kayboldu ve suçluluk duygusu ortaya çıktı. İnatçılığı sayesinde dilediği gibi dondurma yeme isteğine ulaştığını düşünmeye başladı. Ancak bunu yapabilmek için annesinin çantasından para çalmak zorunda kaldı ve bu onu üzdü.

"Keşke annemin çantasından çalmadan dondurma yiyebilseydim. Evet, bu adil olurdu. Bugün ilk defa yanlış bir şey yaptım. Bu yüzden kendimi iyi hissetmiyorum. Hırsızlık iyi bir şey değil. Bunu bana öğretmenim anlattı. O zaman bile toplam yirmi rupi çaldım. Bunu yapmamalıydım." Bholu uzun süre bu suçluluk duygusu içinde kaldı.

Bholu daha sonra kötü davranışlarından dolayı gerçek bir pişmanlık duyar. Gelecekte asla böyle kınanacak bir faaliyette bulunmayacağına karar verdi çünkü daha sonra pişman olacaktı. Dondurma yemek isterse kendi başına ısrar ederek annesini ve babasını ikna etmeye çalışacaktır. Bholu bu kararı verir vermez derin bir iç huzuru hissetti. Otobüs evinin yakınında durdu. Bholu başka bir kararla aşağı indi ve evine doğru yola çıktı: annesine çantasından yirmi rupi çaldığını söylemek ve ondan kendisini affetmesini istemek. Bholu kararından çok memnundu.

Bholu'nun doğum günü hediyesi

Bholu annesinin çantasından yirmi rupi çaldı. Böylece dondurma yeme konusundaki yakıcı arzusunu tatmin etti. Sabah yolunu kaybeden, akşam yolunu bulduğunda kaybeden sayılmaz derler. Bholu da yirmi rupi çaldıktan sonra pişmanlık duydu. Gelecekte bir daha asla uçmamaya karar vermişti. Annesinin bir miktar paranın kaybolduğunu öğrenmesi halinde onu azarlayacağından pek korkmuyordu. Kendisini bekleyen cezayı düşünmeden hatasını kabul edip annesinden özür dilemeye karar verdi. Öte yandan Bholu'nun annesi evde bu konuyla pek ilgilenmedi. O akşam çantasında bozuk para yapması gerektiğinde, orada biraz bozuk para olması gerektiğini düşündü. Aklına bir fikir geliyor: Neden Bholu'ya parayı bir amaç için alıp almadığını sormuyorsunuz? Bholu şimdiden annesine her şeyi anlatmayı düşünüyor. Hiç vakit kaybetmeden bunu yaptı. Hatasını kabul etti ve dondurma almak için çantasından yirmi rupi çıkardığını söyledi. Bholu'nun annesi onu azarlamadı. Ancak bir süreliğine şok oldu.

"Ah canım! Bana bu dileğinden bahsetmiş olmalısın." diye ekledi. Yine de oğlunun hatasından dolayı özür dilemesinden memnun.

Bholu'ya şöyle dedi: "Bholu, gelecekte bunu istersen bana söylemekten korkma. Eğer gerçekten ihtiyacın varsa ya da sahip olmak istiyorsan beni de kabul etmeye ikna edebilirsin."

Daha sonra Bholu'nun annesi ve Bholu evde dondurma yaptılar. Birlikte eğlendiler.

Ancak Bholu'nun annesi için bu hiç de kolay olmadı. Onu kolay kolay unutamıyordu ve unutmak da istemiyordu. Bholu onun tek oğluydu. Eğitiminde hiçbir boşluk bırakmak istemiyordu. Her ebeveyn gibi o da Bholu'sunun hırsız olmasını istemiyordu. Bu fikir karşısında ürperdi.

Herhangi bir yanlış davranışın kökleri, başlangıçtan itibaren görmezden gelindiğinde, özellikle de fark edilmediğinde kökleşir. İşte o zaman Bholu'nun babasına bundan bahsetmeye karar verdi.

Birkaç gün sonra Bholu'nun doğum günü yaklaşıyordu. Bholu'nun ailesi ona sürpriz bir hediye vermeyi planladı. Oğulları Bholu'nun biraz yaramaz ama aynı zamanda zeki olduğunu biliyorlardı. O da itaatkardı. Bir şeyin avantajları ve dezavantajları kendisine sunulduğunda, her şeyi olduğu gibi anlayabiliyordu. Bholu'ya doğum günü için biraz harçlık vermeye karar verdiler. Ona şunu söylediler: "Bholu, bundan sonra her ay sana küçük bir harçlık verilecek, bunu akıllıca harcayabilir veya biriktirmeyi öğrenebilirsin." Bholu, doğum günü için verilen sürpriz hediyeyi gerçekten takdir etti.

Bholu, babasının ve annesinin ayaklarına dokundu ve onların hayır dualarını aldı. Bu özel doğum günü hediyesi için de kendilerine teşekkür etti. Bundan sonra Bholu sorumlu ve mantıklı bir çocuk olmaya karar verdi. Aldığı harçlığın çoğunu kumbarasına koydu. Ne zaman bir şeye ihtiyacı olsa bunu akıllıca yapardı. Bir gün kumbarasını açtığında bu kadar büyük bir meblağ biriktirdiğini görünce şaşırdı. Çok mutluydu. Bunu annesine anlattı ve "Birikimimi harcayabilir miyim?" diye sordu.

Annesi ona parayı harcamasına izin verdi. Daha sonra bilgisayarına yeni hoparlörler almak için markete gitti.

Şivalik

Bebek ve oyuncak ayı

Nanhe Gaon'dan Kalpanagar'a giden yolda çok büyük bir ev var. Binanın ihtişamı ilk bakışta anlaşılıyor. Nanhe Gaon Yolu yoğun bir ana yoldur. Eğer oraya giderseniz, bu muhteşem binanın yıldızlı ışıkları daha yolda gözünüze çarpacaktır. Diwali'nin geldiğini hissedebilirsiniz. Bu muhteşem binanın içinde dört kişilik mutlu bir aile yaşıyor. Orada yaşayanlar Shivalik, kız kardeşi Rashmi, annesi ve babasıdır. Shivalik, yaklaşık altı yaşında küçük bir çocuktur. Shivalik'in kız kardeşi Rashmi yaklaşık üç yaşında. Anne ve babası otuz yaş civarındadır.

Shivalik ve Rashmi kardeşler. Shivalik okula gidiyor ve küçük Rashmi evde kalıyor. Öğretmenliğe ilk adımlarını da evinde attı. Her iki kardeş de çok zeki ve canlıdır. Shivalik okulda öğrendiği tüm ilginç şeyleri evdeki herkesle paylaşıyor. Annem dinliyor ve Rashmi de. Annem Rashmi'ye biraz ders veriyor. Rashmi şimdiden pek çok küçük şiir öğrendi ve bütün gününü evde dolaşarak bunları okuyarak geçiriyor. Ayrıca renkli kalemlerle kağıt üzerinde yaratmayı ve ortalığı karıştırmayı da seviyor. Çizgiler çizmek, kağıdı karıştırmak. Yaramazlık ve eğlence dolu bu aktivitelerden gerçekten hoşlanıyor. İki çocuk sıklıkla birlikte oynuyor.

Ah evet, seni henüz bebek müzesindeki bebeklerle tanıştırmadım. Dış kısımla başlayalım. Evin birçok odası ve geniş bir bahçesi var. Çimlerde çok fazla bitki var. Evin içinde mobilyalar, televizyon ve iki gardıropla donatılmış geniş bir oturma odası bulunmaktadır. Cam kapıları var, vitrin de diyebiliriz. Ben onlara oyuncak bebek müzesi diyorum. Peki neden? Burada pek çok oyuncak ve süs eşyası var. En eskisinden en modernine kadar küçük arabalar var. Filler, atlar, askerler ve hatta robotlar var. Tüm bunlara ek olarak güzel bir oyuncak ayı Bhanu ve sevimli bir oyuncak bebek Sara var.

Birisi odaya girdiğinde oyuncak ayı gülümser ve herkesi karşılar. Bebek her zaman uyur ve nadiren gözlerini açar. Pencerelerdeki oyuncak ayı ve oyuncak bebek birbirine bakacak şekilde duvarlara yerleştirilmiştir. Bu yüzden oyuncak ayı her zaman bebeğe bakar ve onun uyanmasını bekler. Böylece bebeğe aşık oldu ve onu kendisine ait saymaya başladı. Bazen Rashmi, oyuncak bebeğini oynamak için dolaptan çıkardığı zaman ayı bundan gerçekten hoşlanır.

Bugün Bhanu çok üzgün. Bhanu uyandığında Sara hâlâ uyuyordur. "İyi misin? Bütün gün sanki işi yokmuş gibi uyuyor. Neden benim gibi zamanında uyanmıyor? Uyandığında bile kestiriyor ya da etrafına bakıyor. Bazen yanlışlıkla beni görüyor. Peki ya ben? Bütün günümü ona bakarak geçirdim." Bhanu her zaman oturuyor ve düşünüyor.

"Peki ne yapabilirim? Yapacak başka iş olmadığında. Ve koridordaki gardıropta giyinmişti. Şimdi o tam karşımdayken gözlerimi nasıl kapatabilirim? Dürüst olmak gerekirse bu bebekle oynamak istiyorum. Kendi bebeğime benziyor. Biri bana ne yapacağımı söyleyebilir mi?" Bhanu düşünüyor. Kaderin kurbanı olan zavallı yaratık Bhanu hiçbir şey yapamaz.

Bir gün Bhanu, Shivalik'in şunu okuduğunu duydu: "Görevini yap, sonucu arzulama." Bu, oturup düşünmenin ne anlama geldiğini merak etmesine neden oldu. Bazı hareketler gereklidir. Bu yüzden biraz hareket etmeye çalıştı ve bu girişiminde yanlışlıkla yakındaki oyuncakları devirdi. Robot ona bakıyor ve arabalar onu korkutmak için ses çıkarmaya başlıyor. Daha sonra sessizce, tamamen sakin bir şekilde oturur.

Daha sonra anılarını hatırlamaya başladı. Shivalik'in daha önce Bhanu'nun kaldığı büyük sergi salonunu ziyaret ettiği günü hatırlıyor. Onu gördüğünde çok heyecanlandı mı? Daha sonra ben olan oyuncak ayıyı satın almakta ısrar etti. Gözyaşları içinde bu sergi salonunun zeminine oturdu. Bhanu güzelliğini ilk kez bu gün fark etti.

"Peki neden olmasın? Shivalik gibi akıllı çocuklar sebepsiz yere heyecanlanmazlar. Bende özel bir şeyler olmalı." Bunu düşünen Bhanu gurur duydu ve Shivalik'in kucağına düşmeye çalışarak hareket etmeye çalıştı. Bunu yapmadan önce, onu kaldırmak için Bhanu'nun yanına bir el geldi. Belki de tüccarın eliydi. Bir süre sonra artık hiçbir şey göremez hale gelir. Belki de çoktan bavulunu hazırlamıştı. Bir noktada korktu. Öldüğünü sanıyordu. İnsanlar öldüğünde dünyanın sonunun geldiğini duymuştu. Ayrıca herkesin hayatında bir kez ölmesi gerektiğini de biliyordu. Daha sonra gözlerini kapatır ve durumun böyle olmaması için Tanrı'ya dua eder. Gözlerini açtığında kendini yeni bir evde buldu. Onun için yeni bir gün gibiydi.

"Ah, bu nedir? Burası yeni geldiğim bir yer mi?" Shivalik'in önünde durduğunu görünce merak etti. Bir süre sonra buranın bu insanlara ait bir ev olduğunu öğrendi. "Tanrı duamı duydu. Burada bu sevimli çocuklarla kalacağım. Burası bir ev değil sadece bir mağazaydı. Bir sürü insan da vardı." Şivalik'in annesi bunu Şivalik için esnaftan satın almıştı. Bunu düşünen Bhanu kendini merak etmeye başladı.

Bhanu'nun uzun burnu

"Bugün sabahın erken saatlerinden itibaren evde büyük bir kargaşa yaşandı. Neler oluyor? Her yerde bir neşe ortamı var. Neler olduğunu bir an önce öğrenmek istiyorum." Bhanu düşüncelere dalmış halde Sara'nın penceresinin önünde oturuyordu. Peki bu tombul ayı başka ne yapabilirdi ki? Görünüşe göre çok fazla düşünmek onun için bir alışkanlık haline gelmiş.

Hemen yanında bir robot vardı. Bhanu bazen bu robotun yanında robotik bir zihin gibi düşünmeye başladığını hissediyordu. Shivalik'in onu bu eve kapalı bir kutu içinde getirdiği günü hatırlıyor. O zamanlar derin bir düşünür değildi.

Ancak çok fazla düşünmekten hoşlanmaz, özellikle de gereksiz şeyler hakkında. Oynamayı ve konuşmayı tercih ediyor.

Bugün bu iki sorun yavaş yavaş hayatına girmiştir. Elbette ! kiminle oynayıp konuşacağız...? Bu oyuncakların hepsi çok kibirli. Bu robot kendisi hakkında ne düşündüğünü kim bilebilir? Bu asker ve bu küçük arabalar! Herkes kendini gerçek sanıyor. Sanki robot gerçek iş yapıyormuş, asker gerçek savaş yapıyormuş ve arabalar gerçek yollarda gidiyormuş gibi düşünüyorlar. Bazen konuştuklarında kötü bir koku duyulur. Onların küçümseyici tavırları kibir kokuyor. Ve zavallı Bhanu...! O kadar masumdu ki, masum bir oyuncak bebek gibi, ne bir aldatma, ne bir israf. Ve kendisinin diğerlerinden daha az olmadığını biliyor. Bu nedenle herkesin kötü davranışlarını kısa sürede unutmaya çalışır. Neden hatırladın? Oldukça sıkıcı görünüyor. Sonuçta onun tek desteği Sara'dır. Ona bakmaya devam ediyor. Tam önündeki pencerede güzel bir oyuncak bebek duruyor. Bazen uyuyormuş gibi görünüyor, bazen de gülümsüyor gibi görünüyor. Bazen Bhanu'nun kafası karışıyor ve ona tekrar tekrar bakınca kızardığını hissediyor.

Bazen Bhanu, Sara'ya aşık olduğunu hissediyor. Daha sonra Sara'nın da onu sevip sevmediğini merak ediyor. Düşünmeye değer mi? Bütün gün birlikte olduklarında aralarında aşk olması gerektiği çok açık. Ve eğer bütün gününü birisiyle geçirdikten sonra ona karşı hiçbir sevgi hissetmiyorsan, biri deli olmalı. Aşkı tanımlamak, anlatmak çok zordur. Bu sorular üzerinde düşününce net bir cevap yok gibi görünüyor.

Bhanu daha sonra beklemeye ve dua etmeye başlar: "Ey Sara! Yakında uyanırsın. Böylece birlikte oynayabiliriz."

Sonunda uyandı. Sabahları geç kalkmaya alışkındır. O bir oyuncak bebek olduğu için muhtemelen bütün gün oturmaktan yorulmuştur. Tam tersine Bhanu çok aktif bir adam. Biraz tombul olabilir ama biraz hareket ediyor ve yakınlarda neler olup bittiğini anlamak için etrafındaki titreşimleri hissetmeye çalışıyor. Eve kim girer? Mutfakta ne pişiriliyor? Ve çok daha fazlası. Bu sabah çocukların okula gittikleri için çok mutlu olduklarını duydu. Rashmi ayrıca annesine erkek kardeşinin okuluna kadar eşlik etti. Şimdi öğle vakti. Lezzetli yemeklerin kokusu ağzını sulandırıyor. Bhanu, eğer bir insan olsaydı kendisinin de çok çeşitli yemeklerden keyif alacağını düşünüyor. Ama oyuncaklar sadece oyuncaktır. Lezzetli yemeklerin tadını alamıyorlar. Sadece hissedebilirler. Ayrıca çocukların lezzetli yiyecekler yemekten keyif aldıklarını gördüklerinde kendilerini iyi hissederler.

"Sarah! Sarah! Beni dinle!" Bhanu fısıldadı. Ses ona ulaşamayacak kadar yüksek değildi ama onun sesini duyduğu izlenimine kapılmıştı. Sara ona doğru baktı ve gülümsedi.

"Sarah! Sarah! Dinlemek. Bugün evde neden bu kadar kargaşa olduğunu biliyor musun? Bakın mutfakta lezzetli yemekler hazırlanıyor. Tadına bakmak ister misin?" Bhanu ondan bir şeyler duymayı sabırsızlıkla bekliyordu.

Sara cevap verdi mi? O aynı zamanda sadece bir oyuncak bebekti, güzel bir küçük oyuncak bebek. Evet ya da hayır demiyor. Yavaşça başını çevirip başka tarafa baktı. Bhanu ona "Devam et ve yemek ye" diyormuş gibi hissetti. Yemek yemeyeceğim."

Rashmi'nin doğum günü partisi

Saat akşam 5. Evde huzursuzluk başladı. Hatta annesi gün içinde Rashmi'nin doğum günü kutlaması için birçok hazırlık yapmıştı. Rashmi'nin doğum günü haziran ayına denk geliyor. Bugünlerde hava sıcak olduğu için annem partiyi evin çimlerinde düzenledi. Etrafınızda özgür ve doğal hava varsa neden sürekli klima kullanasınız ki? Ve plan işe yaradı. Çimlerin tamamı rengarenk ışıklar, flamalar ve balonlarla süslendi. Yukarıda gökyüzünde beyaz ay ışığı vardı. Aksine, zemin yemyeşil çimenlerle kaplıydı. Çimlerin etrafında çiçekli bitkiler vardı ve hatta onlar bile dekoratif ışıklarla süslenmişti. Orada bir sahne kuruldu. Çimlerin bir tarafında akşam yemeği için masalar kurulmuş. Misafirler için de orada koltuklar düzenlenmişti ve her şey güzelce dekore edilmişti.

Saat neredeyse altı oldu. Misafirlerin gelişi başladı. Hint kültürümüzde doğum günlerinin Havan, Yajna gibi ibadet, dua ve ritüellerle kutlanması beklenir. Ancak Hintliler bazen küçük çocukların mutluluğu için kutlamaların şeklini değiştirirler. Bu bağlamda küresel kardeşlik duygusunu tüm faaliyetlerine tanıtıyorlar. Dünyadaki tüm milletler, kast ve din ayrımı gözetmeksizin, birbirlerinin tüm olumlu yönlerini açık yüreklilikle kucaklasalar, kişisel düzen veya başka türlü olumsuz yönlerden kurtulmaktan asla çekinmeselerdi ne güzel olurdu. Dürüst olmak gerekirse değişimi kabul etmek doğanın bir kanunudur. Ne zaman ve ne kadar olacağı her kişinin kişisel takdirine bağlıdır.

Evdekiler etrafta dolaşıyordu. Shivalik, arkadaşı Rahul'un evine gitti ve onu da yanına alarak mahalledeki diğer çocukları çağırdı. Bütün çocuklar şimdiden hazırlanıyor. Hızla Shivalik ve Rahul'a katılırlar. Pinky, Radha ve Bhawna geldi. Golu da orada.

Şivalik'in amcasının evi de aynı kasabada, biraz uzakta. Törene katılmak için geldikleri de görülüyor. Rashmi, beyaz fırfırlı güzel bir pembe elbise, uyumlu ayakkabılar, çoraplar ve şapka giyiyor. O çok güzel, gökten gelen bir peri gibi.

Bütün misafirler geldi. Rashmi'nin annesi ve babası konukları sıcak bir şekilde karşıladı. Herkese içecek ikram etmeye başladılar. Bu noktada sunucu herkesin duyduğu bir anons yaptı. Seyirciler sahnenin yakınında toplandı. Orada çeşitli oyunlar oynanacaktı. Bazı oyunlar küçük çocuklara, bazıları ise daha büyük çocuklara yönelikti. Kazananlar ayrıca ödüller aldı. Müzik ve dans da vardı. Sunucu herkesi pasta kesme törenine davet etti. Küçük peri Rashmi mumlarla süslenmiş meyveli pastayı kesti. Anne, baba ve tüm konuklar doğum günü çocuğuna çiçek yağdırdı. Çocuklar hararetle alkışlıyorlar. Pasta kesme töreni bu nedenle başarıyla gerçekleşti.

Daha sonra tüm konuklar akşam yemeğine davet edildi. Herkes harika vakit geçirdi. Çocukları kutsayarak Shivalik ve Rashmi'nin ebeveynlerine veda ediyorlar. Ebeveynler ayrıca herkese saygıyla veda eder ve karşılığında hediyeler verirler.

Bakalım odanın içinde neler oluyor. Sevgili oyuncak bebeklerimiz Bhanu ve Sara, çimlerdeki canlı doğum günü kutlamasına katılamadılar. Ancak içeriden müzik ve şarkılardan hoşlanırlar. Bugün sabırsızlıkla aile üyelerinin tekrar aralarına katılmasını bekliyorlar.

Ve artık sabırsızlık anları sona erdi.

Saat akşamın dokuzu. Misafirlerle vedalaştıktan sonra anne ve baba ev işlerini hallederler. Shivalik ve Rashmi oturup arkadaşlarının getirdiği hediyeleri gözlemliyorlar.

Peki Bhanu...? Ne yapıyor? Görünüşe göre Sara'ya ondan ne gibi bir hediye istediğini soruyormuş gibi işaret ediyor.

Yaz tatili

Bugün haziran ayının beşinci günü. Dünya Çevre Günü olarak kutlanıyor. Sabah çok güzel görünüyor. Dün Rashmi'nin doğum günüydü. Ailedeki herkes dün gece yorgundu ve geç uyudu. Shivalik çok geç saatlere kadar uykuya dalmadı. Sabaha kadar uyanır. Hissettiği aşırı sevinçten dolayı uyuyamaz. Gençlerin güzel tarafı hayata karşı hevesli olmalarıdır. Sadece oldukları için mutlular. Mutluluğu bulmak için özel bir nedene ihtiyaçları yoktur. Mutluluk onların doğasının ve kişiliğinin ayrılmaz bir parçasıdır. Aslında biz yetişkinler, eğer egomuz incinmezse, onlardan çok şey öğrenebiliriz.

O zaman tüm dünya hayatın güzel olduğu bir piknik yeri haline gelebilir.

Shivalik sabah altıda uyanır. Annem onu görünce çok şaşırdı ve sormaya başladı: "Tarun! Bu kadar erken mi uyandın? Nedir?" Tarun, Shivalik'in lakabıdır.

"Anne ! Her zaman bütün çocukların sabah erken kalkması gerektiğini söylüyorsun," dedi Shivalik masumca.

"Anne ! Bu sabah yakınlardaki parkta arkadaşlarımla oynamaya gideceğim." dedi sabırsızca, annesine bakarak.

"Tabii, devam et. Ben çok mutluyum. Arkadaşların kimler? Güvende olun ve iyi oynayın. Ben de bir saat sonra geleceğim. Sevgili oğlum," dedi annem Shivalik'e olan sevgisini ifade ederek.

Tarun kriket sopasını alıp dışarı koştu. Giderken bana Rahul'la birlikte gideceğini söyledi. Dışarıda oynamak için annemin belirlediği tüm şartları kabul etmişlerdi. Tarun gittikten sonra mutfak işlerini annem üstlendi. Babasının kahvaltısını hazırlaması ve ofise gitmek üzere öğle yemeğini hazırlaması gerekiyor. Bu sırada babam banyoda duş alıyor.

Bakalım Bhanu ve Sara oyuncak bebek partisinde ne yapıyorlar. Bhanu rafına oturuyor ve heyecanla zıplıyor. Dışarı çıkıp Shivalik ile parkta oynamak istiyor. Sara gözleri kapalı oturuyor. Uyumayı tercih ediyor.

"Bu bebeğin neden bu kadar uyuduğunu bilmiyorum. Keşke ona oynamak isteyip istemediğini sorabilseydim?" Bhanu Sara'ya baktı, sonra yüzünü başka tarafa çevirdi. Düşüncelerine daldı ve kendisinin bir oyuncak bebek değil, Shivalik gibi küçük bir çocuk olduğunu ve Sara'nın da küçük bir kız olduğunu hayal etmeye başladı. Her ikisi de Shivalik'in parkta top oynayan çocuk grubunun bir parçası. Düşüncelere dalmış bir halde hedefine ulaştığını ve oyunun tadını çıkarmaya başladığını hissetti.

Hayal dünyası ne kadar güzel! Herhangi bir gerçeklik olmamasına rağmen her şey doğru görünüyor. Birkaç dakikalığına kişi bu dünyaya erişim kazanır ve gerçekte asla gerçekten deneyimleyemeyeceği geçici yaşam sevincini deneyimler.

Bir süre sonra kahvaltı hazır olunca baba kahvaltısını ve beslenme çantasını alıp ofise doğru yola çıkar. Shivalik'in babasının ofisi evden yaklaşık on kilometre uzakta. Annem parka gitmeye hazırlanıyor. Sevgiyle Dolly dediği Rāshmi'yi onu uyandırması için sevgiyle arar. Dolly parka gideceklerini duyunca hemen uyandı. Annem evi kilitler ve Bhanu ile Sara'yı küçük dünyalarında bırakarak parka doğru yola çıkar. Park evden beş dakikalık yürüme mesafesindedir. Oraya vardıklarında çocukların büyük bir coşkuyla kriket oynadığını gördüler. Dolly henüz büyük çocuklarla oynayacak kadar büyük olmadığı için salıncakta sallanmaya başladı.

Bhanu kendi dünyasına dalmıştı. Dış dünyayı gerçekte görmedi ama zaman zaman televizyonda gördü. Tesadüfen Shivalik-Rashmi'nin evinin oturma odasında da akıllı bir TV vardı. Aileden biri orada oturduğunda ara sıra televizyonu açardı. Bhānu bunu çok eğlenceli buldu ve televizyonu sıklıkla ilgiyle izledi. Bu yüzden hiç sıkılmadı. Bazen kriket maçlarını izliyor, bazen de şarkı dinliyordu. Bhanu, çocukların şarkılarla dans etmesini gerçekten seviyor. O anda Sara'yla dansa katılmak istedi. Bazen diğerleri televizyonu kapatıp başka bir odaya gitmeyi unuttuklarında Bhanu şanslı oluyor. Daha sonra televizyonu krallar gibi izledi ve bilgisini genişletti.

Neyse, Bhanu ve Sara'nın kendi kaderleri var. Ancak oyuncak bebeklerin de tıpkı insanlar gibi aktif olması gerektiği de bir gerçek. Bu hayatta olmasa da amellerin meyvesi er ya da geç alınır. Bunu aklımızda tutarak doğru yönde çalışmaya devam etmeliyiz.

Annelere bilgisayar kursu

Yaz tatili. Evdeki herkes çok mutlu. Çocuklar çok sevindi, anneler de çok mutlu oldu. Bebek partimiz de. Her sabah anne ve çocuklar parka giderler. Annem Rashmi'yi yavaşça salıncağa itiyor ve Tarun çocuklarla oynuyor. Annem de parkta küçük bir yürüyüşe çıkıyor. Gün boyunca karambol, kızma birader, yılanlar ve satranç gibi iç mekan oyunlarının yanı sıra bilgisayar oyunları da dahil olmak üzere eğlenceler sağlanmaktadır. Anne çocuklara sağlıklı atıştırmalıklar hazırlıyor. Gün boyunca Bhanu ve Sara bazen birbirleriyle jestlerle konuşuyorlar. Ayrıca Bhanu çocuklara ve oyuncak robota yeni numaralar öğretiyor. Bazen çocuklar tüm oyuncaklarını raftan alıp onlarla oynuyorlar. Atmosfer neşe dolu.

Annem de yeni bir şeyler yapmak istiyor. Bütün gün ev işleri yaptıktan sonra yaratıcılığını canlı tutmak için yaratıcı çalışmalara yönelebileceğini düşünüyor. Birkaç gündür bu projeyi hazırlıyor, bazen birini, bazen diğerini düşünüyor. Sonunda bir karar verir. Çevrimiçi ders vermeye karar verdi. Bazı bulaşıcı hastalıkların ortaya çıkmasından bu yana okula gitme ve çevrimdışı özel ders alma eğilimi önemli ölçüde azaldı. Ancak eğitimin gerekliliği hiçbir zaman inkar edilemez. Bu nedenle çoğu çocuk çevrimiçi öğrenmeye ilgi göstermeye başladı. Bu sadece ebeveynlerin çocuklarının güvenliği konusunda endişelenmelerine değil, aynı zamanda öğretmenlerin (velilerin) güvenliği konusunda da endişelenmelerine olanak tanır. Annemin iyi derecede bilgisayar bilgisi var. Bu konuyu çok çalıştı.

Peki şimdi annem ne yapıyor? Pek çok özel ders sitesini Google'da araştırdı ve inceledi. Hem öğrencilere hem de öğretmenlere destek veren siteler var. Annem bu sitelerden birine Prabha Gupta adı altında öğretmen olarak kaydoldu. Programını belirledi ve ne zaman ve hangi derslerde bilgisayar bilimi öğreteceğine karar verdi. Bunu yapmak için masa sandalyesi, dizüstü bilgisayarı, Wi-Fi vb. gibi gerekli tüm düzenlemeleri yaptı. Yeni projesini de bu düşünceyle başlattı.

Bu da evde çok güzel bir çalışma ortamı yarattı. Anne öğretirken çocuklar da ödevlerini yaparlar. Birinin yardımı olmadan çalışılamayan zor konuları anneleriyle birlikte okurlar. Okuma, çizim ve matematik gibi basit ve ilgi çekici görevleri bağımsız olarak tamamlarlar. Shivalik bazen sorunlarla karşılaşsa da beceriklidir. Sorunlarına Google'da çözüm arıyor. Ayrıca kız kardeşi Rashmi'ye de biraz yardım ediyor. Rashmi sadece dört yaşında olmasına rağmen bazen kitaplara bakmaktan hoşlanıyor ve hatta alfabenin birkaç harfini yazıyor. Ayrıca renkli kalemlerle çizgiler çiziyor. Ve havasında olmadığında her şeyi bırakıp oturuyor. Annenin bilgisayar dersi biter bitmez çocuklar bol bol dans ediyor ve mutlu oluyorlar.

Ve sevimli oyuncak ayı Bhanu şöyle düşündü: "Keşke bu küçük robot benim arkadaşım olsaydı. Deneyeyim. Ayrıca bazı harika yeni matematik numaraları da öğreneceğim. Bu yüzden asla sıkılmayacağım. Bakın, bu çocuklar matematik problemlerini çözerken çok eğleniyorlar."

Peki Sarah...? "Bilmiyorum. Bhanu'nun niyeti nedir? Sanırım oyuncak ayı yerine erkek çocuk olmak istiyor." Sara bebek de böyle düşündü.

Bir sihirbaz olarak Shivalik

Yaz sıcağında, masmavi gökyüzünün altında,

Önümüzde bir içki işletmesi varsa.

Dondurma, kola ve soğuk kahve muhteşemdir.

Ama soğuk öksürüğü bağışlayın, nazik olun.

Bu eğlenceli yaz tatilinin ortasında günler, hızlanan bir tren gibi birbiri ardına geçiyordu. Nasıl ki ekspres trenin istasyona ne zaman gelip göz açıp kapayıncaya kadar ayrıldığını artık bilemiyorsak, tatillerin nerede kaybolduğunu tespit etmek de zor. Haziran bitmek üzere ve çocuk okullarının Temmuz ayında yeniden açılması bekleniyor. Annem hâlâ yapılacak çok hazırlık olduğunu fark etti. Salgının bitmesiyle okullar Temmuz ayının ilk haftasında kapılarını açmayabilir. Okullar her an açılsın ama çocuklar ve ebeveynler için hazırlık yapılması gerekiyor. Tüm görevler; üniformalar, ev ödevleri, projeler ve kim bilir başka neler var?

"Ah, bu nedir? Tamamen unutmuştum. Rahul'un annesiyle telefonda konuştuğumda aklıma geldi." Annem öğleden sonra oturdu ve düşündü. Şivalik'in okulunda her yıl ağustos ayında Janmashtami münasebetiyle minikler için kostüm yarışması düzenleniyor.

"Çocuklarımın bu programa katılması konusunda kesin bir karar verdim. Gelecek yıl Rashmi'yi dahil edebilir miyim, ama bu sefer Shivalik'i dahil etmek çok önemli. Çünkü gelecek sene yaş grubu değişecek."

"Her yıl tüm veliler Janmashtami festivali için okula içtenlikle davet edilir. Annem gösteriye her gittiğinde çeşitli kostümler içindeki çocuklar karşısında büyüleniyordu. Ayrıca kimsenin aklına gelmemiş muhteşem ve tamamen yeni bir fikir getirmeyi ve oğlu Shivalik'i bu rol için hazırlamayı düşündü.”

“Çok fazla fikir var ama çoğu daha önce defalarca yapıldı. Bazı çocuklar gazete olur, bazıları ise ağaç olur. Bazıları bamya veya kırmızı domates gibi sebzeler gibi davranırken, diğerleri dolgun, yuvarlak patlıcanlara dönüşür. Hatta bazı çocuklar tanrı haline gelir; bazıları Ganesha, diğerleri Shiva, hatta küçük Krishna. Çocuk ne yapabilir? Bu fikirleri ortaya atanlar annelerdir. Ama kesin olan bir şey var ki, tanrı olmak en büyük zorluktur. Sadece ona bakmak bile beni şaşırtıyor." Annem bunu düşününce endişelendi. Daha sonra Tanrı'yı düşündü ve birkaç dakika sonra uykuya daldı. Bir süre sonra uyandı ve akşam olmuştu. Ev işi zamanı geldi.

Gece bu düşünceyle geldi. Bhanu, annemin biraz üzgün göründüğünü düşündü. Nedenini bilmiyorum. O da şöyle dua etmeye başladı: “Allahım! Lütfen sorununu çözün."

Ertesi sabah annem tüm ev işlerini hallettikten ve kahvaltıyı yaptıktan sonra kendi kendine şöyle dedi: "Okuyacak güzel bir kitap bulalım." Adımları onu rafa götürdü. Bir süre sonra çözümü kendi ellerinde buldu. Evet, rafta "101 sihirbazlık numarası" adlı bir kitap bulmuştu ve işte o zaman kendi kendine şöyle dedi: Shivalik neden kostüm yarışmasında sihirbazı oynamasın? Tamamen yeni olduğunu söylediği harika bir fikir. Kitabı karıştırmaya başladığında, altı yaşındaki Shivalik'in öğrenip sahnede başarılı bir şekilde sergileyebileceği kolay sihirbazlık numaraları bulmaya odaklandı.

İradenin olduğu yerde yol da vardır derler. Bir kişi belirli bir yöne tamamen odaklandığında ilahi olan bile onu destekler. Annem üç kolay sihirbazlık numarası buldu ve bunları kitaptaki talimatları izleyerek kendisi öğretti. Daha sonra bu numaraları küçük Shivalik'e öğretti. Shivalik bununla ilgilenmeye başladı ve annem birkaç gün içinde bu sihirbazlık numaralarını sahnede başarıyla gerçekleştirebileceğini düşündü. Daha sonra Rahul'un annesinin yardımıyla sihirbaz için de güzel bir elbise hazırladılar. Sihirbazın şapkası, paltosu, pantolonu ve ayakkabıları Charlie Chaplin makyajını tamamlıyor. Bütün plan kafasında hazırdır. Shivalik ne zaman sihir numaraları yapsa, Bhanu ve Sara onaylayarak başlarını sallıyorlardı. Nihayet okulların açılacağı gün gelip çattı. Bir gün süslü elbise yarışmasının düzenlendiği sırada Şivalik de yarışmaya katıldı. Özenle çalıştı ve çalışmalarının karşılığını aldı. Sihir numaralarını sahnede sergilediğinde seyirciler hayrete düşüyor. Küçük bir çocuğun bu kadar beceriyle sihir numaraları yapabildiğini gören herkes hayrete düştü. Seyircilerden gelen yoğun alkışlar çocukların coşkusunu artırdı.

Yarışmada Şivalik ikincilik ödülünü kazandı. Shivalik eve döndüğünde ödülü Sara'nın yanındaki rafına koydu. Bhanu ve Sara sevgiyle önce ödüle, sonra Shivalik'e ve sonra da birbirlerine baktılar ve onaylayarak başlarını salladılar. Evdeki herkes çok mutluydu.

Çevrede Krishna'nın flütünün yumuşak notası duyuluyor.

* * *

Yazar hakkında

Geeta Rastogi 'Geetanjali' 26 Temmuz 1968'de Hindistan'da doğdu. Ebeveynleri Bay Harichand Gupta ve Bayan Rammurti Devi, Ghaziabad bölgesinden (Hindistan) geliyor. Yazar olmasının yanı sıra kimya alanında uzmanlaşmış bir fen bilgisi öğretmenidir. Bu kitap "Bholu'nun Renkli Gökkuşağı" ilk olarak Hintçe yazılmış ve yayınlanmış ve daha sonra İngilizce, İtalyanca, Fransızca, İspanyolca, Tayca, Almanca ve Filipinceye çevrilmiştir. Hintçe dilinde "Kanak Kanak te sau guni" başlıklı bir roman daha yayınladı. Ayrıca dergi ve gazetelere şiir, öykü ve faydalı yazılar yazmayı da seviyor.

www.ingramcontent.com/pod-product-compliance
Lightning Source LLC
LaVergne TN
LVHW051458170726
843492LV00002B/715